LES ENFANTS DIABOLIQUES

DU MÊME AUTEUR
Aux éditions du Rocher

La Reine de Jérusalem
L'Enfant dans le placard
L'Enfant qui se laissait mourir
L'Enfant sacrifié

Chez d'autres éditeurs

Saint-Germain-des-Prés, en collaboration avec Marcelle Routier (éditions Guy Leprat).
Entre bêtes et hommes, en collaboration avec Jean Pommery (éditions Calmann-Lévy).
Le Jardinier du dimanche (éditions Stock et éditions Marabout pour la Belgique).
Maître-Chien, en collaboration avec Michel Girouille (éditions Robert Laffont).
Dictionnaire des fantasmes et des rêves secrets (éditions Garancière).
La Beauté par la santé, en collaboration avec le Dr Pierre Fournier (éditions Robert Laffont).
Youka (éditions Séguier).

– C'est abominable, impossible à croire…

– On a demandé à la télévision, comme à tous les médias d'ailleurs, d'en parler le moins possible.

– Mais ne peut-il pas y avoir une erreur policière, une bavure comme on dit ?…

– Non, hélas, ils ont avoué.

– Ce sont des beurs... jamais chez nous !

– Justement pas.

– Alors... alors c'est incompréhensible !

– Que des choses pareilles puissent arriver... Jamais de mon temps ! Quand je pense à ma pauvre mère ! Il vaut mieux qu'elle soit morte que de voir le monde tourner comme ça.

– Ah, madame ! c'est le Diable qui nous mène !

– Vous, une chrétienne...

– Justement ; croyez-vous que Dieu aurait voulu cela ?

– Relisez Dante... dans aucun des sept cercles de l'enfer vous ne trouverez pareille chose.

La contagion émotionnelle des images engendre l'imitation...

*
* *

Une rumeur d'horreur allant, croissante. Comme une vague de tempête qui ne ménage pas plus les rochers que la plage... On en parlait à voix basse parce qu'on en ressentait la honte, ou criante appelant le châtiment.

Mais de la ménagère au Président de la République, du prof au psy, personne ne pouvait l'ignorer, ou même faire semblant.

Peut-être le clochard ne s'en préoccuperait-il pas car il n'avait pas de télévision, et que les journaux il n'en regardait que les gros titres à l'affiche chez le marchand. Mais celui-ci pourtant le frappa comme un coup. C'est pas Dieu possible, dit le clochard. Et quelque chose d'indéfinissable, mélange de fierté et de pitié lui fit admettre qu'il préférait être dans sa peau que dans celle de ces pauvres gens...

Oui, lui le clochard pouvait se permettre de dire « pauvres ». Il n'y a pas que l'argent qui vous fasse misérable.

I

– M'man j'voudrais un chien...

– Tu ne pourrais pas dire « maman, je... » ? Ce n'est vraiment pas la peine qu'on se saigne aux quatre veines pour te mettre dans un cours privé !

Chantal a pris contre elle son Cyril de huit ans :

– Écoute, je vais te confier un grand secret – mais tu ne le diras à personne – tu vas avoir beaucoup mieux qu'un chien : un petit frère !

L'enfant regarde, apitoyé, la candide adulte :

– Mais t'as pas besoin de m'le dire... tu parles d'un secret ! J'ai bien vu que t'avais le ballon. Et puis d'abord, rien ne prouve que ce sera un frérot, ça peut très bien être une fille.

Ah ! le temps, pas si lointain, où les garçons naissaient dans un chou et les filles dans une rose !

– Mais ça te fait plaisir ? C'est quand même mieux qu'un chien ?

– Un bébé qui va chia... pleurer. Tu parles d'un copain pour jouer.

Il plaque sur la joue de sa mère un gros bisou. Faudrait te mettre à l'heure m'man ! N'empêche, j'voudrais un chien. À moi tout seul.

– Un chien, tu comprends, c'est un pote. Il vous suit partout. On peut lui parler, il obéit, il remue la queue s'il est content. Un morpion c'est con, ça fait que chialer... et puis c'est sale, il faut le nettoyer tout le temps. Un chien, si tu le dresses bien, il fait tout dans la rue.

– Oui, c'est pas mal un klebs ! Mais lorsqu'elle l'aura son chiard, ta mère, tu compteras plus pour elle ! Il n'y en aura que pour le nouveau ! Alors tu pourras filer en douce. Ça s'ra la belle vie. Si tu sèches l'école elle s'en apercevra même pas et on pourra aller s'faire une vidéo ou une machine à sous.

– Mais toi, t'es fils unique. Tu les as pas sur le dos, tes vieux ?

Il hausse les épaules, qu'il voudrait bien pouvoir faire rouler comme un footballeur, ce Paul de neuf ans au visage poupin, et dont la virilité est humiliée par ce trou sur le devant de la bouche où n'est pas encore remplacée la dent de lait tombée.

– Les miens y sont divorcés ! Alors j'peux toujours dire à l'un que j'suis chez l'autre. Y peuvent pas se blairer : y s'téléphonent même pas...

– Pour ça q't'as pu sécher l'école hier...

– Tu rigoles. Y avait un match de foot. C'était d'ac avec mon vieux q'j'y aille.

En Cyril, envie, convoitise, admiration, mais, en sourdine, malaise. Que Paul décide d'aller à un match plutôt qu'à l'école, ça, il comprend. Mais avec l'assentiment de son père ? Les gènes ancestraux se révoltent à l'idée du père complice de l'école buissonnière – les buissons étant dorénavant remplacés par le ballon.

Il refoule cette mémorisation, fait, fier, face à son copain.

– J'aime pas le foot. Papa voulait que j'm'y mette (!) mais je me faisais mal quand j'tapais sur le ballon.

Et intello en diable :

– Moi, c'que j'veux, c'est l'informatique.

Il pense au traitement de texte de sa mère :

– J'ai déjà un ordinateur !

À son tour, son pote est partagé entre deux sentiments contraires : le mépris pour ce mec qui a peur de taper sur le ballon et l'envie de ce suprême degré de la culture : l'informatique.

Heureusement, il a de quoi l'épater.

– En r'venant du match, j'vois une vieille dans une cabine téléphonique. Et j'te cause que j'te cause ; la mémé, elle n'en finissait pas. Alors j'ai ouvert la porte et j'lui ai sauté dessus, comme un chat. Si tu l'avais vue, la vioque ! Elle hurlait, et elle est partie en courant sans même raccrocher ! J't'ai regretté – et, humiliant :
– mais toi t'aurais pas osé. T'es à côté de la plaque !

Deux copains. Vrais puisqu'ils ont commencé par le rite initiatique ; se flanquer une raclée devant tous les autres gosses qui les encourageaient en tapant du pied, en sifflant, en mimant le combat qui accompagne les coups – rythme des tambours anciens provocateur de batailles – du leitmotiv crescendo de la bagarre. Du sang... du sang... du sang...

Paul a eu le dessus. Tenant Cyril par les épaules, il l'a bloqué contre le mur, le bourrant de coups de poing ; mais au professeur – légèrement – affolé (il était tout jeune, donc compréhensif, mais quand il était gamin, on ne se battait pas encore avec cette brutalité) qui voulait les séparer, Cyril a jeté un « de quoi vous vous mêlez ? C'est pas vous qu'on frappe ! » qui lui a valu de partager auprès des autres la gloire de son vainqueur. Les deux combattants s'étaient serré la main à la loyale, comme les durs champions qu'on voit à la télé. « À la vie, à la mort. » Il y a encore des phrases archaïques que l'on peut ressortir sans ridicule.

*
* *

– Montre tes notes... elles pourraient être meilleures. Enfin, tu as la moyenne. Tâche de faire mieux la prochaine fois.

– Oui, m'man, maman. Je te le promets.

– Tu as un « D » en conduite ?

Il dansait d'un pied sur l'autre.

– Je me suis bagarré avec un copain, pour rire... mais le prof a cru que c'était pour de vrai.

Si douce était maman. Si belle. Elle n'avait pas encore son gros ventre.

– J'm'ai bagarré avec un copain mais c'était de la frime.

Le père de Paul avait ri, indulgent. N'en faisait-il pas autant à son âge ?

– Si c'est toi qui as eu le dessus, d'accord.

– Un peu, oui ! qu'est-ce que je lui ai mis... un coup de tête que j'lui ai envoyé.

– Je vais te signer ton carnet. Tu n'auras pas à le montrer à ta mère ; les bonnes femmes, ça ne comprend rien.

Il s'était dirigé vers la Renault arrêtée devant sa pompe.

Paul avait regardé, méprisant, la voiture :

– Quand j'serai grand, j'aurai une B.M.W.

*

* *

Cyril est couché. Maman est venue l'embrasser. Elle a son gros ventre dans lequel se trouve le bébé.

Il le lui caresse doucement :

– Il est dans ton ventre le frangin ? Moi aussi j'y étais ?

Il n'avait jamais pensé jusque-là qu'il avait vécu dans le ventre de m'man : ça lui fait un drôle d'effet, comme gêné.

Elle rit :

– Mais oui, mon petit chéri.

– Tu vas l'aimer autant que tu m'aimes ?

– Je vous aimerai tous les deux pareil.

Elle voit à son œil, qui a perdu son éclat rieur, sa méfiance.

– Gros bêta !

– J'veux un chien.

Dans le noir des mauvaises pensées, Cyril remue, comme des cailloux, les mots de Paul : « Elle t'aimera plus quand elle aura son chiard. »

Maman. Il serre les dents pour ne pas pleurer ; se console : « J'veux un chien. » Il l'imagine : petit ? grand ? Pourquoi pas un berger allemand comme celui que le père de Paul a pour garder son poste d'essence ? Un jour qu'il y était allé avec son copain, il l'a vu ; Paul a dit : « Tu peux le caresser ; il n'est pas méchant. » « Pas assez, a grommelé l'homme, je me demande s'il sait qu'il est là pour garder. »

Le chien s'estompe dans la brume du sommeil ; Cyril s'endort, pas heureux. Part dans le voyage du rêve qui, cette nuit, est cauchemar.

Est réveillé par maman en tee-shirt, pieds nus, sortant de son lit où elle était avec papa, toute titubante de sommeil :

– Qu'est-ce qui te prend de m'appeler au milieu de la nuit ? J'ai cru que tu étais malade ! Et tu as réveillé ton père...

Elle n'est pas contente, mais Cyril se rendort. Rassuré.

II

Comptable, il aligne des chiffres toute la journée, comme tous les jours d'avant, comme tous ceux à venir, jusqu'à la retraite. Il voudrait bien que Cyril fasse autre chose. Un rêve paternel : pharmacien par exemple... et pourquoi pas médecin ? L'autre jour le petit a dit qu'il voulait être vétérinaire. Vétérinaire ! ce n'est pas beaucoup mieux que comptable. Mais ça rapporte, paraît-il, avec toutes ces bonnes femmes qui viennent faire soigner leur bestiole. Et puis on est son propre maître.

Ce bébé, dont est responsable une négligence de Chantal, ne l'enchante pas. Il a assez de mal à payer les traites du pavillon qu'ils viennent d'acheter – mais ils voulaient être « chez eux » – et l'école de Cyril que sa femme a exigée « privée ». Lui, il est allé au lycée comme tous ceux de sa génération – il va sur ses quarante ans – mais Chantal a utilisé un argument qui l'a fait céder : « Maintenant les beurs, les asiats, et les autres vont en classe avec “nos” enfants. Ils volent, ils cassent, ils se battent et tu les as entendus parler ? C’est du sabir, pas du français ! Tu ne voudrais quand même pas que Cyril devienne comme eux ? »

Pour que son fils lui soit supérieur, il faut qu’il reçoive une bonne éducation.

Mais un deuxième ?... En comptable, il calcule ce que cela va coûter. Bien sûr Chantal arrondit les fins de mois en travaillant à la maison ; elle a une machine à traitement de texte qui le lui permet. N’empêche ! René Eldieu soupire : l’époque est dure.

Le spectre qui se nomme d’un mot – dans sa jeunesse, honteux –, CHÔMAGE, le terrorise comme tous. Il travaille dans une entreprise où ils ne sont guère qu’une cinquantaine d’employés, mais plus sûre que les grosses boîtes qui débauchent sans même donner un préavis... c’est arrivé à un de ses amis.

Le mauvais moment que sa femme choisit pour lui annoncer, d’une voix inquiète :

– J’ai peur que Cyril ne soit jaloux du bébé.

Déjà contrarié par les pensées qui tournaient dans sa tête, revenant toujours au même point, ce deuxième enfant, il s’exaspère :

– Quelle idée ! C’est absurde ! Nous étions trois chez moi, on n’a jamais été jaloux les uns des autres.

– Parce qu’il y avait un an de différence ou deux entre chacun de vous... Cyril a huit ans, lui. Jusqu’à maintenant il était enfant unique. Il a du mal à accepter de n’être plus seul. Je le sens. C’est pour cela qu’il veut... un chien.

Elle a vite prononcé ce dernier mot, en baissant la voix, presque avec honte. Chantal sait que son mari ne veut pas d’animal.

Effaré, il la regarde :

– Un chien ? Mais pourquoi ? Qu'est-ce que ça à voir...

Elle lui fait face. Courageuse :

– J'en ai parlé au pédiatre. Il m'a affirmé que c'était un réflexe normal. Lorsqu'il y a une telle différence d'âge entre deux enfants, l'aîné est presque toujours jaloux, au début du moins, du bébé. Une bête à lui, dont il (elle recherche les mots exacts employés par le médecin) dont il assume la responsabilité, est une compensation. Nous, nous aurons un second enfant mais en même temps Cyril aura une petite bête à lui seul. Tu comprends ?

Non. René ne comprend pas. Son appréhension, augmentée de cette menace – un animal ! –, se transforme en une colère qui a besoin de s'extérioriser dans une dispute.

– Et puis quoi encore ? Deux enfants, un chien... et pourquoi pas un chat et un canari, et pendant qu'on y est un troisième gosse !

Chantal sait. Sait que cet enfant, involontaire, son mari, qui ne l'a pas voulu, a du mal à l'accepter. N'est-il pas allé jusqu'à lui proposer un avortement ! Et elle connaît aussi ses brèves, injustes, colères. Suivies toujours de regrets.

– Je vais nourrir tout ça avec quoi ? Tu veux me le dire !

Retenir des larmes qui ne feraient que l'exaspérer. Ne pas s'énerver. Surtout ne pas répondre.

Elle tente l'esquisse d'un sourire.

– Tu aimes beaucoup Cyril, j'avais pensé que...

Il claque la porte sur son mauvais vouloir.

– Maman, ma maman à moi... je le déteste ! Je suis sûr que papa est comme moi, je l'ai bien vu qu'il n'était pas content. Ma maman elle était rien qu'à nous deux. Elle a dit dans trois semaines...

Une rapide perspective qui alarme et affole Cyril. Jusqu'à présent c'était un lointain qu'il voulait s'obnubiler. Mais cette obscurité du futur va devenir – il compte sur ses doigts : vingt et un jours ! même pas un mois ! – Un vrai bébé sorti du ventre de maman pour prendre sa place à lui, Cyril. Ce n'est plus lui qu'elle prendra dans ses bras en disant « mon bébé à moi » mais un autre, un étranger dont il ne veut pas, qu'il rejette de toutes ses forces, poings serrés pour lutter contre cet enfant « l'enfant de maman ».

Sur le perpétuel problème des robinets – qui a bien pu trouver cet idiot casse-tête : Euclide, Archimède, Pythagore, ou plus loin encore ? – que seul pourra résoudre à jamais l'informatique, les larmes tombent, en gouttes si serrées que René, entré sans que Cyril, tout à son chagrin, s'en soit aperçu, se penche, bouleversé, sur son fils :

– Bonhomme, qu'est-ce qu'il y a ?

Et, réflexe de calculateur :

– Tu ne trouves pas la solution de ton problème.

Quoi d'autre pourrait mettre un enfant de huit ans dans cet état ?

Cyril pose sa tête sur la main compatissante de papa.

Les pleurs deviennent gros sanglots qui l'étouffent ;

– Non, c'est maman... le petit frère, j'en veux pas.

La pression de la réconfortante main paternelle se fait plus pressante sur l'épaule de Cyril. Les sanglots se calment, remplacés par le reniflement des larmes.

René pense « Chantal avait raison », dit « tu n'es pas jaloux quand même » et, réaliste : « On ne peut pas être jaloux de son frère. Surtout toi, un grand ! »

Le mot qu'il ne fallait pas dire.

Oui, Cyril est un grand ! Maman ne s'intéresse plus à lui. C'est pour ça qu'elle a fabriqué un bébé nouveau.

Mais, avec cette belle incompréhension de l'adulte, dont les trente ans de différence avec l'enfant se situent à trente années-lumière :

– Avec mes frères on s'entendait drôlement ; ensemble on a fait les quatre cents coups.

Comme Truffaut, à une époque bien démodée, les avait mis en images pour enfants sages !

III

Maman est à l'hôpital. Vite... vite...

C'est le petit matin ; Cyril dormait mais il a été réveillé par le téléphone.

– Envoyez-moi d'urgence une ambulance... oui... maternité, un accouchement... il n'y a pas de temps à perdre.

C'est la voix de papa. Une voix que Cyril ne connaît pas. Drôle, avec comme de la peur. Et puis il a entendu les gémissements de maman, des phrases syncopées, tellement angoissées « pourvu que... le temps d'arriver à l'hôpital... » Essayant d'être normale, mais n'y parvenant pas « ne t'inquiète donc pas comme cela, René. Tu sais les douleurs vous prennent quatre ou cinq heures avant. Rappelle-toi pour Cy... » un gémissement plus fort a tronqué la phrase mais c'est bien son nom à Lui qu'elle allait prononcer.

Pourquoi ? Jamais il n'a fait mal à maman !

Cyril a mis sa tête sous les draps, ses mains sur ses oreilles pour ne plus entendre les plaintes de maman ; la voix trop forte ou trop douce de papa. Il n'a pas osé se lever, voir ce qui se passe.

Une sorte de malaise inquiet et gêné l'en empêche. Instinctivement il « sait », sans vouloir se le révéler, ce qu'annoncent ces cris et ces halètements de la femme en gésine. Surtout, surtout ne pas les entendre. Ne pas comprendre ce qui a lieu.

L'épouvante génétique – mais il l'ignore – devant ce mystère : l'acte créatif de la femme.

La porte de sa chambre s'est entrebâillée. Son père a dit à voix basse : « Il dort. D'ailleurs il ne sera pas longtemps seul, ta mère va arriver d'une seconde à l'autre. »

En même temps la sonnette a retenti. Si bruyante. Comme une alarme. Des voix d'hommes qui résonnent. Des voix inconnues.

– Vous en faites pas, ma petite dame. On a l'habitude.

Et interrogatives :

– Un prématuré ?

Le mot a frappé comme une gifle, Cyril. Un mot inconnu, abominable, qui l'épouvante.

C'est le petit frère qui fait mal à maman… Cyril en est sûr. Il veut sortir du ventre où il étouffe. Peut-être est-il en train de mourir ! De mauvaises pensées que Cyril repousse de toute sa volonté.

Subit, inquiétant, a succédé aux voix, le silence. Et Cyril s'est jeté hors du lit, a couru vers la fenêtre.

À travers les volets il voit l'ambulance qui attend. Deux hommes portent un brancard sur lequel est allongée maman. Papa suit. La grisaille de sept heures du matin enveloppe la scène d'un halo d'effroi. Maman ne bouge pas. Et si elle était morte ? Que le petit frère l'ait tuée ? Il le déteste.

Mamy est arrivée à peine deux minutes après le départ de l'ambulance.

Affectueux réconfort des bras qui le bercent, comme lorsqu'il était un enfantelet, calment les sanglots de l'angoisse.

– Maman, elle est à l'hôpital. On l'a emmenée vite… vite ! Dis mamy, elle va pas mourir ?

Dissimulant cette surprenante inquiétude qui l'étreint elle aussi : l'enfant qu'elle a porté neuf mois en elle, qui, à son tour a porté celui qui va naître : parcelle d'elle-même puisque sans elle jamais il n'aurait été engendré.

– Mais non, mon chéri, tout va bien. Ta maman va mettre au monde ton petit frère, c'est tout !

« Mettre au monde », trois mots répétés tellement de milliards de fois qu'ils ont perdu leur signification sacrée.

– Elle m'avait dit qu'il n'arriverait qu'à la fin du mois…

Maman a menti ! Une découverte terrible. Impossible. Que mamy qui comprend tout, rectifie :

– Oui, le docteur avait prévu sa naissance pour la fin du mois.

Lui reviennent les mots si souvent entendus dans sa vie d'infirmière « le médecin propose, l'enfant dispose » auxquels Cyril ne prête aucune attention. Il dit, en colère :

– Le bébé, il n'avait pas le droit ! C'est pour cela que maman avait si mal, alors.

La matinée a passé tout en longueur et en lenteur. C'est mercredi, Cyril n'a pas école. Mamy s'active à de menues tâches ménagères en surveillant discrètement et l'enfant et le téléphone.

Le téléphone, ce cordon ombilical qui l'unit à la salle de travail où sa fille ressent les douleurs ; l'appréhension, la peur, qui résonnent comme un écho dans son propre ventre.

L'enfant, qui lui a causé, il y a huit ans, les mêmes craintes, et qui, aujourd'hui, d'une autre manière, l'inquiète autant.

Boudant, manipulant sans plaisir un jeu vidéo « ATTENTION, chez certains enfants l'utilisation de ce jeu peut déclencher des crises d'épilepsie. À n'utiliser en aucun cas plus de deux heures ».

Quelle folie ! Et c'est elle qui lui a offert ce jouet – jouet ! – à Noël parce que c'était ce qu'il voulait ! Son copain – comment s'appelle-t-il déjà… Ah oui, Paul – en avait un. Si elle avait lu la notice auparavant… mais, bien sûr, pas fou, lui, le fournisseur – légalement il doit être obligé à cette mise en garde – la place à l'intérieur de la boîte ! Et ce danger, au lieu d'alerter l'enfant, le comble de plaisir ; il devient la périlleuse aventure. Plus que le jeu lui-même, c'est le combat contre le sort qui l'excite.

Mais un autre danger, bien plus fort, bien plus grave fait délaisser à Cyril le jeu dangereux.

– Pourquoi papa téléphone pas ?

Mamy retient un sourire. Comme tous les pères, c'est son gendre qui souffre les douleurs de l'enfantement. Marchant, s'asseyant, partant à la recherche d'une impatiente infirmière qui affirme : « Tout va bien monsieur. On viendra vous chercher quand… » Il n'écoute pas la fin de la phrase qu'il connaît. Ce « tout va bien » lui permettra de reprendre son souffle. Dix minutes de calme et puis l'anxiété lui revient, insidieuse, le conduit au bout du couloir devant la porte interdite. Sa femme n'a pas voulu qu'il assiste à l'accouchement. Murielle comprend sa fille. Qu'est-ce qu'un homme a à faire dans la salle de travail où la mère, elle seule, donne à la vie un nouvel être, avec tout son chargement de bonheur, de souffrance, de joie, de remords, de tendresse, de haine, ignoré.

Elle s'est tournée vers son petit-fils et a délaissé ces pensées devant le regard inquisiteur de l'enfant.

– Tu m'écoutes pas mamy ! Pourquoi ?

La sonnerie – enfin ! – du téléphone lui permet d'esquiver une réponse embarrassante.

Le cœur de Cyril bat si fort ; si violente est cette multitude de sentiments qui l'envahit : peur pour maman, détresse, espoir confus « le bébé il est… pas vivant », une houle qui l'agite, le pousse vers le téléphone que sa grand-mère tient. Un téléphone-destin. Et le visage radieux de mamy qui estompe la crainte au profit de l'exécration :

– Tu as un petit frère, Cyril.

Il a détourné la tête, mais Murielle a vu son regard de peine et de colère, de dépit.

Pour ne pas pleurer – de soulagement et de fureur –, il marmonne :

– Comment qu'il s'appelle ?

– Éric, comme ton grand-père.

Le mari de mamy qui est mort avant que naisse Cyril. Question : Pourquoi maman lui a-t-elle donné le nom de ce papy à jamais inconnu ? Réponse : parce que c'était son papa et qu'elle l'aimait beaucoup. Conclusion : elle l'aime plus que moi. Moi, elle ne m'a pas appelé Éric.

Il déteste son nom, il déteste sa mère, il déteste même mamy qui lui sourit. Plus que tout, il déteste le chiard dont on veut qu'il soit le frère.

Maman est belle comme « avant ». Elle n'a plus de grands cernes et son ventre est tout plat. Mais elle serre contre son cœur cette chose fripée aux yeux fermés, au nez froncé et couleur… Cyril pense aux aubergines que mamy a achetées au marché, le chiard a la même couleur. Et voilà qu'il chiale !

– Il a faim !

Maman découvre son sein que Cyril n'avait jamais vu. Une minuscule bouche le tète goulûment. « Moi aussi j'ai tété… j'ai vu le sein de maman. Pourquoi je m'en souviens pas ? » Une certitude rageuse : elle m'a donné le biberon. Sûr ! J'aime mieux. Ça me fait mal au cœur de voir le morpion sucer maman comme ça.

Oui, ça fait mal au cœur de Cyril : mal de jalousie, de colère, de cette injustice maternelle.

– Approche-toi… viens voir ton frère… mais ne l'embrasse pas.

Comme s'il en avait envie ; il regarde avec répugnance cette chose.

– C'qu'il est petit, plus petit encore que j'pensais.

Papa, auquel il n'avait pas fait attention, assis à côté du lit de maman, lui tenant la main, comme dans les feuilletons de la télé, déclare, glorieux :

– Petit... il pèse sept livres ! Quand tu es venu au monde, tu n'en pesais que six !

Radieuse scène de famille qui ravirait les téléspectateurs avides des films à épisodes familiaux : mamy, au grand sourire qui se penche tendrement vers sa fille et le nouveau-né ; papa, si fier d'avoir fait ce bel enfant et le grand frère de huit ans qui dit :

– Il est laid... j'l'aime pas.

La réplique n'est pas celle attendue, mais il n'y a pas de réalisateur pour crier : « mauvais... on recommence ! » La scène est tournée pour la vie.

IV

Lorsque l'enfant paraît, le cercle de famille n'applaudit pas à grands cris… il s'inquiète.

Autour d'Éric qui dort sur le cœur de sa mère, rassuré par ces battements que pendant neuf mois il a entendus dans le giron maternel où, embryon il… il quoi ? Était végétatif ? Écoutait les bruits du « dehors » (il est à peu près sûr aujourd'hui que devenu bébé, arraché à son habitacle maternel, il reconnaît certaines voix entendues alors qu'il était dans sa mère) ? Avait de vagues pensées ? Voire des émotions sensorielles : les taches de naissance (affirmations dites de « bonne femme » « j'ai eu une envie de café au lait… de fraises… ») ne font plus ricaner les pédiatres qui se posent des questions.

Enfin, les rythmes du cœur apaisant le stress de la naissance sont reconnus sans point d'interrogation. Et Éric dort sur ce cœur. Paisible.

Beaucoup moins le sont ceux qui l'entourent : Murielle, René, Chantal.

Un conseil de famille réduit aux plus proches pour parler, pendant qu'il est à l'école, de Cyril : souci qui entache le bonheur apporté par la naissance du « nouveau » (comme l'appelle l'aîné) : le bonheur, oui, car même René oubliant ses préoccupations pécuniaires, fond devant ce minuscule : il est le « tout petit », « mon bébé », « mon fils ». Seul, il faut bien le reconnaître et l'admettre, le grand frère ne participe pas à cette liesse ; encore moins à cet amour.

Dubitatif – plus pour sauver sa dignité d'homme, qu'en réalité – c'est sa belle-mère que René écoute. Il a confiance dans cette femme solide, surveillante dans un service de Bichat ; et, pour cela, pense-t-il, dont les émotions font place à un réalisme qu'elle côtoie chaque jour.

Un dernier rien de scepticisme :

– Vous pensez vraiment que Cyril est jaloux de son petit frère ?

Murielle hoche vigoureusement la tête : signe de certitude repris en plus faible par sa fille.

Le père s'énerve, grogne parce qu'il a tort :

– Enfin, c'est idiot, ce n'est pas parce qu'on a un deuxième enfant qu'on aime moins le premier.

– Allez dire cela à un enfant. Vous raisonnez en adulte. L'enfant, lui, obéit à des sentiments... et le sentiment contre lequel, avec toute votre logique, vous ne pouvez pas lutter, se compose, pour Cyril, d'images : sa maman tient constamment le bébé contre son cœur. Allez lui expliquer que c'est pour rassurer celui qui vient d'entrer dans ce monde inconnu de lui : la vie...

– Je l'ai fait.

– Et alors ?

– Il a haussé les épaules et a filé dans sa chambre.

Un étonnement qui s'exaspère :

– Il est stupide ou quoi ?

– Il n'est pas stupide, loin de là. Il a huit ans.

René est désarmé par cet argument qui, venant d'une femme qu'il respecte, ébranle sa conviction.

Chantal caresse le crâne dénudé où apparaît un minuscule duvet visible seulement pour des yeux de mère. Soupire :

– Je te l'avais dit avant la naissance du bébé. Tu n'as pas voulu me croire.

Avoir les deux femmes contre lui projette, hors de la carapace de l'homme civilisé, le macho préhistorique. D'autant plus qu'il est intimement persuadé – vexant ! – qu'elles ont raison.

L'enfant, même en cet an de science 1992 est resté du domaine de la femme. Tous les psychologues vous le diront : bébé est un petit animal que le mâle adore caresser, avec lequel il joue ; mais qui ne l'intéressera en temps qu'être humain – surtout si c'est un garçon –, que lorsqu'il aura l'âge de s'entendre avec lui sur des sujets importants : hier, train électrique et Meccano. Aujourd'hui, console et puce.

*

* *

– Son morpion – Cyril refusera toujours l'appellation de « bébé » repoussant violemment ce mot qui l'obligerait à accepter Éric comme frère – Elle le tient serré jour et nuit contre elle, Elle – il refuse aussi de prononcer le mot si tendre jusqu'alors de maman – elle a peur qu'on le lui fauche !

– T'sais, les bonnes femmes elles sont toutes kif kif... les merdeux elles aiment que ça. Ton histoire c'est nul !

Il shoote dans une boîte de conserve vide qui traîne sur le trottoir en se remémorant des souvenirs sans intérêt :

– Moi j'aime mieux mon père. Les hommes ça fait pas d'histoire... la mienne elle m'a quitté parce qu'elle voulait pas de moi.

Haussement d'épaules qui rejette le deuil de la mère. Et l'ignorant, parodie une phrase célèbre :

– J'lui ai pas demandé à m'mettre au monde... alors qu'elle aille se faire foutre.

– Est-ce que maman va partir avec Éric puisqu'elle ne m'aime plus ?...

Paul ne comprend pas pourquoi son pote a le blues, mais un copain, c'est sacré.

– Tiens, viens...

L'entraîne dans l'entrée d'une porte, autrefois cochère, sort de son blouson, avec la précaution d'un numismate maniant une pièce rarissime, une cigarette. La passe sous le nez de Cyril.

– T'sens... torride, non !

Ses traits puérils se figent dans la béatitude procurée par la chose interdite. Allume le joint : briquet turbo, chipé à son père. Tire une bouffée, passe le joint, dissimulé dans le creux de la main et, dans un murmure extatique :

– C'est méga ! Ça va t'passer ton caf.

Cyril aspire religieusement, et, sans plaisir, ce symbole du défendu et de l'amitié.

Admiratif :

– Comment t'as fait pour l'avoir ?

– Un mec cool qui m'l'a donné à la sortie de l'école.

*

* *

– Chef, j'ai piqué ce gars à la porte d'une primaire. Il donnait des cigarettes de H aux mômes.

Sans respect pour le costume bien coupé, l'air convenable de commerçant aisé, d'une bourrade il pousse sa prise vers le commissaire.

Digne, l'homme affirme :

– Pas du tout. Une cigarette ordinaire. J'adore les enfants.

– Ah bon ! parce que tu es pédophile en plus.

– Quoi ?

– Suffit. Tes boniments, on les sait par cœur. Atlas, veux-tu sentir monsieur…

Le berger allemand s'est dressé, a posé ses pattes de devant sur le costard trop neuf.

Toute dignité perdue, le « monsieur » piaille :

– Rappelez votre klebs. Il va me mordre…

– Atlas ? Tu blagues ! C'est le chien le plus doux du monde, mais pour trouver de la drogue, c'est l'as de la P.J. La preuve !

Le museau enfoui dans une poche intérieure... le chien en sort un paquet de Players qu'il apporte à son maître.

– Mes cigarettes ! Je n'admets pas...

– T'en fais pas mon gros ! On va les envoyer au labo. Si elles sont propres, on te fera des excuses !

– Je suis un honnête commerçant...

Le commissaire le regarde, dégoûté :

– On la connaît votre combine ! Même si on ne peut rien contre. « Tiens petit, une cigarette... cadeau ! » et au bout de trois jours vous en fourguez deux au gamin : « Une pour toi, mais tu vends l'autre à un copain et tu m'apportes l'argent, sinon fini. » Au début c'est par bravade qu'ils le font. Mais après ils sont accros et les drogues dures succèdent à l'herbe. Grâce à vous, à dix ans ils savent comment on se fait un fix. Le commerçant que tu dis être, nous, ici, on l'appelle bagman... tu sais ce que ça coûte à un salaud comme toi de pervertir des mineurs ? De cinq à dix ans de taule !

Il ne se fait pas d'illusions, le commissaire, sachant trop bien que le voyou devant lui n'est que le plus infime maillon de la chaîne. « ON » lui fournira l'avocat qui l'en sortira et, de toute façon, un autre attend d'autres gosses à la sortie d'une autre école : l'engrenage qui mène à l'O.D., mais qu'importe. Un Colombien de condamné, il en surgit dix pour prendre sa place de dealer.

*

* *

René, qui n'arrive pas à admettre ce qu'il sait une vérité – incompréhensible ! – marmonne son refrain : « Nous étions trois gosses à la maison… » mais la conviction n'y est plus. Merde ! il avait bien raison de ne pas vouloir un deuxième enfant. Regarde celui-ci, ne peut retenir un sourire de tendresse. Veut, à tout prix, arranger les choses pour s'arranger, lui.

– Dans quelque temps Cyril sera bien content d'avoir un petit frère pour jouer !

Le regard des deux femmes… il se sent humilié comme petit garçon lorsque sa mère avait le même pour dire : « Mon pauvre garçon, tu es vraiment stupide. »

Baisse pavillon devant ces pirates redoutables qui s'emparent de sa volonté.

– Bon ! mettons que vous ayez raison ; bien que… alors, qu'est-ce qu'on doit faire ?

Chantal découvre un peu plus son sein pour que tète le bébé :

– Je t'ai dit ce que m'avait conseillé le pédiatre.

Sa voix est douce. Persuasif le regard de sa belle-mère. Il se dresse face à leur exigence :

– Un animal… j'ai dit non. Je n'en veux pas.

Un baroud d'honneur !

V

– Cyril…

C'est la voix de maman quand elle m'aimait… ils sont devant la télé… papa a fait semblant de regarder sa montre : « Il faut aller te coucher. Demain tu vas à l'école. » Et lui, il va pas à son bureau ? Pour que je ne voie pas le film, oui ! Un que j'aime avec du karaté. Sûr ! Ils l'ont fait exprès pour se débarrasser de moi.

– Cyril !

Pourquoi elle m'appelle ? Je vais pas me lever puisqu'ils m'ont envoyé au lit. Et puis c'est à elle de venir, pour me dire bonsoir.

La nuit autour de Cyril, épaisse. Si épaisse que même la voix de maman ne peut la traverser.

La nuit comme un écran sur lequel les images se succèdent à toute vitesse, s'entremêlent, se mélangent, se multiplient. Les unes gaies, les autres tristes comme dans un vrai film.

Les yeux grands ouverts, Cyril les regarde défiler sur la nuit-vidéo. Celle-ci, c'est l'année dernière en vacances. M'man n'a pas son gros ventre. Elle m'a pris par la main, p'pa de l'autre côté. Ils me tirent vers la mer. Je résiste, je crie mais c'est de la frime. Ce que j'aime la mer ! Mais ils m'embêtent, je suis pas un bébé. Je nage mieux que p'pa.

En opposition, couvrant les images du bonheur d'un autrefois si lointain, celles d'aujourd'hui. Un chiard qui crie et maman l'embrassant partout, même sur ses fesses, c'est dégoûtant, quand elle le change, « mon bébé à moi ». C'était MOI son « bébé à moi ». Maintenant j'suis plus rien. Je compte plus. Y en a que pour le merdeux. Et elle prend p'pa à témoin comme si ça l'intéresse ! « Tu te rends compte, ces nouvelles couches absorbantes... » La pub à la télé... on devrait l'engager ! « Quand je changeais Cyril... » (Ce rappel d'un passé si oublié qu'il paraît invraisemblable, l'écœure).

Et sur les images vient se superposer la voix de maman :

– Cyril... il y a un Tintin sur la Deux. Tu veux le voir ?

– Chantal, qu'est-ce qui te prend ? Je veux mon film ! Et puis Cyril est couché.

– Justement. J'ai bien vu qu'il avait de la peine quand...

– Je ne voulais pas qu'il voie ce film. Ce n'est pas pour un gamin de huit ans !

– Eh bien, on pourrait mettre la Deux !

L'autorité masculine contre la sentimentalité féminine :

– Mais moi, je n'ai pas huit ans !

M'en fiche de Tintin. Paul dit qu'c'est con !

Un gros regret qu'il repousse, veut ignorer : Haddock et Tournesol et leurs aventures.

– Il est plus raisonnable que toi, ton fils – quand ça va mal le fils de l'homme devient celui, exclusivement, de la femme – il dort, et je vais aller en faire autant.

– Tu ne comprends pas !

Ce n'est pas que René ne comprenne pas ; il persiste à ne pas admettre.

Cyril n'a pas répondu à sa mère.

Paul ne dit jamais maman, mais « ma mère ». À voix trop basse pour que la sienne puisse l'entendre, Cyril murmure « je dors ». Il n'est pas un chien pour obéir. Un chien qui rapplique quand on le siffle. Non : pas par obéissance. Parce qu'il aime son maître. Que lui ! C'est ça qui compte : être aimé « seul ».

Réfléchit : maman aime aussi papa. Mais c'est normal, ils m'ont fait ensemble. C'est pour ça qu'ils s'aiment. Et maintenant ils vont s'aimer pour le merdeux !

Paul lui a expliqué à quoi sert le zizi. Mais il n'y croit qu'à moitié ; il doit y avoir autre chose ! Il a vu un chien monter une chienne, et c'est vrai, elle a eu des petits. Mais c'est des bêtes. Cyril n'arrive pas à accepter qu'il soit né parce que le zizi de papa est entré dans le ventre de maman : il y a un secret qu'on cache aux enfants ! Il demanderait bien à mamy… puisqu'elle est infirmière, elle le sait ! De toute manière, ce n'est pas ça qui l'intéresse : c'est Lui aujourd'hui, pas il y a huit ans, quand il était dans maman.

Huit années où ma maman a été à moi tout seul.

C'est tout mouillé sur sa joue. Heureusement, il fait nuit et il n'y a personne pour le voir ! Paul ne pleure jamais, lui.

Le berceau du morpion est dans leur chambre. Papa a même râlé parce qu'il le réveillait la nuit. « Il a faim » a dit maman. Toujours elle lui trouve une excuse !

« Moi, je ne pleurais pas », a affirmé Cyril. Maman a ri et m'a fait un gros bisou comme *avant*. La première fois depuis le… 30 avril ! Quand je suis allé à l'hôpital avec mamy. Le gars en blouse lanche, à l'entrée, nous a arrêtés : « Les enfants de moins de douze ans ne sont pas admis dans les chambres. » Mamy lui a souri. Elle sourit comme maman, un sourire qu'on a envie d'embrasser. « Il vient voir son petit frère qui est né ce matin. » La blouse blanche : « Dans ce cas il a tous les droits ! » Il m'a donné une tape sur l'épaule : « Tu en as de la chance d'avoir un petit frère… » Con !

Non, ce 30 avril, Cyril ne l'oubliera jamais.

Maman m'a même pas embrassé. Y'en avait que pour l'autre.

Elle m'a quand même passé la main dans les cheveux, ce matin-là, mais c'était par… par politesse ! Comme lorsqu'elle me dit : « Embrasse madame Godart. » Une vieille plus vieille que mamy. Ses joues sont toutes ridées et elle a une fille, Mademoiselle Cécile, aussi vieille qu'elle et qui a toujours la goutte au nez. Elles me dégoûtent, mais je le fais quand même parce que, la première fois – il y a longtemps, j'étais tout petit encore –, j'ai dit : « Non, je veux pas », maman m'a grondé après : « Tu as été très impoli. Que vont-elles penser de moi ? Que j'ai un petit garçon mal élevé ! »

Ce matin aussi, elle m'a embrassé comme ça, un baiser par habitude, sans y penser. Pas parce qu'elle m'aime. D'ailleurs papa le sait bien. Il a dit : « Je vais être en retard au bureau ! » Il est parti en claquant la porte et maman : « C'est l'heure de partir à l'école. » C'est pas vrai, je suis arrivé en avance. Elle voulait se débarrasser de moi pour être seule avec « l'autre ».

Il se tourne et se retourne dans son lit. Il ne peut pas dormir. Les images l'en empêchent, l'image du morpion. S'il pouvait l'effacer, la faire disparaître. Mais elle est là tout le temps. Insupportable. Ineffaçable.

Le sommeil arrive par vagues qui se retirent avant que Cyril ne soit parti en de vrais rêves ; ceux qui sont faux. Les images le harcèlent, si fortes, si violentes qu'elles chassent l'endormissement.

Enfin une lame de somnolence où Cyril s'abandonne. Surgit brutale, violente, insidieuse, une autre vision : celle d'un petit garçon qui marche tout seul dans une rue inconnue. Le petit garçon, il le reconnaît : c'est lui ! L'image lui impose sa décision.

Demain… Cyril s'endort. Maman a oublié de venir l'embrasser ce soir.

*
* *

En levant la main pour le faire traverser, une pervenche lui a dit : « Dépêche-toi, tu vas arriver en retard à l'école. »

De quoi elle se mêle, celle-là ? L'école est dans le sens opposé… alors ! Mais l'enfant a souri pour répondre poliment, comme maman le lui a appris : « Oui, madame. » Et parce qu'elle avait arrêté les voitures en son honneur, il a ajouté : « Merci madame. »

« Un bon petit garçon », a pensé la contractuelle, en faisant signe aux obéissantes voitures que, maintenant, n'ayant plus d'enfant à écraser, elles pouvaient passer. « C'est rare qu'ils disent merci. » Et elle l'a suivi du regard, qui se dépêche, « je ne savais pas qu'il y avait une école par là… », son sac à dos bien droit.

Le sac pesant, lourd de livres et de menaces, sur le dos de Cyril lui rappelle une réalité qu'il a décidé de refuser.

Subrepticement, après avoir jeté un regard rapide autour de lui, il fait glisser cette gibecière emplie des instruments du parfait petit écolier.

Quand il est parti, ce matin qui lui semble de plus en plus lointain à mesure qu'il s'éloigne de la maison, maman lui a crié de la cuisine : « Tu n'as rien oublié ? » « Non. » Elle aurait dit, alors, faussement fâchée, « si… de venir me dire au revoir ! », il serait allé à l'école.

Il faut qu'il se débarrasse de ce sac à dos – D'ailleurs il n'en a plus besoin. Un passant peut trouver curieux qu'il soit à dix heures du matin dans la rue ; il devrait être en classe ! Déjà la pervenche a fait battre plus fort son cœur.

Il ignore que les grandes personnes, tout à leurs problèmes, se préoccupent peu de ce petit garçon dans une rue de banlieue qu'ils ne savent pas, pour lui, inconnue.

Rue de Lorraine… une rue longue avec uniquement des maisons de sept, huit étages. Peu de passants. Ceux qui habitent ces immeubles sont dans des bureaux, à travailler… comme papa. En classe, Paul doit se demander où il est passé ? Et le prof ? Pourvu qu'il ne téléphone pas à maman. De nouveau le cœur de Cyril se rebelle, à coups précipités.

Sur un immeuble, la plaque d'un médecin. La porte a été laissée ouverte par la gardienne… si elle le voit entrer il dira que maman l'a envoyé chez le docteur pour son petit frère malade. Il a posé, vite fait, son sac d'écolier derrière la porte. S'enfuit en courant. Tout le monde, tous les passants, toute la ville, courent derrière lui pour le rattraper.

Il s'arrête. Net. Il s'est jeté dans les jupes grises d'une dame aux cheveux gris qui l'admoneste, sévère, en le repoussant de son parapluie : « Petit mal élevé, tu ne peux pas faire attention. » Isolé dans sa fuite, il ne l'avait pas vue. Digne, répond : « Vieille toupie… » Il n'y a personne d'autre dans la rue. La vieille femme, solitaire, ça, c'est la réalité. Une autre réalité : il ne sent plus sur son dos le poids du sac. Imprévue, une vague tristesse. Il l'aimait bien ce sac que lui enviaient ses camarades, à grosses rayures rouges et vertes.

Ce n'est pas son sac d'écolier qu'il a jeté, mais tout ce qu'il représentait : papa qui le lui avait acheté, maman et ses sourires et ses baisers, mamy, la maison. Toute sa longue vie de huit années.

Il est seul avec une pancarte indicatrice devant lui : PARIS, PLACE PEREIRE.

Paris ! Personne ne peut l'y trouver, c'est trop grand. Il s'y dirige, explorateur sans bagage, les yeux pleins de larmes.

Enfant perdu. Pas seulement dans les rues.

VI

– Je suis angoissée…

Il rentrait chez lui, satisfait de sa journée, léger de ce neuf bonheur – le bébé – embué pourtant par l'attitude de Cyril que René ne peut ni se dissimuler, ni admettre.

– … Cyril n'est pas rentré.

Contrarié sans plus ; la fatigue d'un homme qui n'a pas envie d'ennuis.

– Et il est sept heures ! Tu as téléphoné à l'école ?

– Oui ; – remords – trop tard il n'y avait plus personne pour me renseigner.

Hum… les femmes s'inquiètent pour un rien.

– Il traîne dans les rues avec son copain ! Celui-là…

– Non. J'ai téléphoné à son père : tu sais, il a la pompe à essence…

Un début de crainte d'il ne sait quoi l'énerve :

– Je sais. Et alors ?

– Paul est rentré. Son père l'a questionné. Il a quitté Cyril à la sortie…

De latente, l'inquiétude devient certaine et colérique.

– Il faut aller au commissariat. Dépêche-toi, il ferme à sept heures.

Deux femmes bavardent derrière une sorte de comptoir. Un homme morose, désabusé, regarde, indifférent, cette jeune femme, un bébé sur la poitrine, et son mari.

Ils viennent déposer une plainte. Le poste de radio de la voiture volé… un bijou arraché… que peut-il leur dire ? Enregistrer les plaintes, c'est son boulot. Et ça ne servira à rien ! Il y en a comme ça, des centaines qu'il entend sans les écouter vraiment. D'avance, il sait ce que ceux-ci vont déclarer. Non : erreur.

– Notre fils… il n'est pas rentré.

À peine surpris ; de cela aussi, il a l'habitude. Et l'habitude de rassurer : des phrases toutes faites.

– Il est avec un camarade.

– Non. Nous nous sommes renseignés. Il a quitté normalement l'école à quatre heures et demie. Et sans copain pour l'accompagner.

– Ah ! Vous l'aviez grondé ? il ne s'est pas réfugié chez un parent ?

C'est Chantal qui affirme :

– Il n'aurait pu aller que chez ma mère. Je lui ai téléphoné aussi – Quelques secondes de réflexion – : « et je ne l'avais pas grondé ! »

Non. Mais… elle regarde Éric endormi. Ce qu'elle pense n'apporterait rien et ne regarde qu'elle.

L'officier de police s'est levé :

– Bon. Dans ce cas, je vais passer un T.G.

Il ajoute pour la compréhension :

– Un télétype de service. Tous les commissariats vont le recevoir... s'il a eu un accident, je le saurai immédiatement.

Accident !

Ils sont très calmes le mari et la femme. Des gens bien. Subitement, le policier s'intéresse à eux, ressent leur inquiétude.

– Décrivez-le-moi. Quel âge ? Comment était-il habillé quand il est parti de l'école ?

Chantal le fait avec des mots exacts. René ajoute un détail :

– Il a un sac à dos rouge et vert, très reconnaissable.

– Asseyez-vous. Il y en a pour dix minutes.

René et Chantal restent seuls. Des policiers qui se sont remis en civil pour rentrer chez eux passent. Indifférents. Un commissariat de quartier ne ressemble pas à ceux qu'on voit dans les films.

Seuls dans ce bureau quelconque. Un bureau vide. Peut-être l'officier de police qui les a reçus est-il parti, lui aussi. En plus de la solitude, le silence. Une peur en eux qui va avec l'étonnement de se retrouver dans un commissariat pour dire cette phrase surprenante, presque inconvenante : « Notre fils a disparu. »

Quelque part, le policier tape : « Service P.J. recherche... »

C'est très long dix minutes. La relativité du temps joue aussi en sentiments ; plus que n'importe quel autre, l'angoisse étire le temps.

Ils ne sont plus seuls. Cet homme qui fait intensément partie de ce long moment de leur vie, est revenu :

– Aucun accident de signalé. Mais on a trouvé un petit garçon endormi sur un banc place Pereire. Son signalement correspond à celui que vous m'avez donné ; sauf qu'il n'a pas de sac à dos.

Sursaut de René :

– Son sac, il y tient. Même quand il ne va pas en classe…

– Votre fils s'appelle bien Cyril ?

Le « oui » simultané est un seul soupir de soulagement.

– Alors, c'est lui. Vous allez vous rendre immédiatement au commissariat principal du 17e arrondissement. Il est ouvert toute la nuit.

Griffonne sur un papier qu'il tend :

– L'adresse…

René se dirige vers la porte, vers son fils.

C'est Chantal qui dit :

– Merci monsieur l'inspecteur. Nous vous avons retardé !

Il sourit. Huit heures passées, le fonctionnaire redevient un être humain.

– J'ai un fils, moi aussi.

Chantal, à la porte, se retourne parce qu'il ajoute :

– Vous savez, une fugue… il y a toujours un motif. Faites attention, il peut recommencer.

C'est bien Cyril qu'un policier tient par la main. Avec cet air buté que sa mère reconnaît.

Ils étaient sûrs de le trouver dans ce commissariat du 17e – Qu'allait-il faire à Paris ? place Pereire ? – et en même temps ils doutaient : René à cause du sac d'écolier. Chantal…

– Une ronde l'a trouvé et nous l'a amené. Il venait d'arriver quand on a eu le T.G.

Sévère :

– Un drôle de garçon que vous avez là… Il refusait de dire son nom de famille et de donner son adresse. Tu voulais passer la nuit en garde à vue ?

Sans l'écouter Cyril lui a échappé « Maman ! ». Sur le cœur de sa mère, Éric. Stoppe net et se dirige à pas lents vers son père.

*

* *

– Pourquoi qu'tu m'l'as pas dit ? J't'aurais caché dans ma chambre. Mon vieux, jamais il y vient. L'soir il file direct de la pompe chez sa nénette.

Prosaïquement étonné, légèrement incrédule, Cyril, enfant aux coutumes bourgeoises, questionne :

– Comment tu manges si ton père n'est pas là ?

S'arrêter à un détail aussi mesquin permet, un temps, à Paul de reprendre l'avantage :

– Y a toujours du pâté dans l'frigo. J'me fais un sandwich. Y a même du vin, j'peux en boire.

Il n'ajoute pas que son père l'a retrouvé, ronflant, derrière la portée d'entrée. L'homme se demandait ce qui l'empêchait de la pousser. Une dure raclée avait dessoûlé Paul.

Rétablir sa domination en offrant le passé qui aurait pu être futur.

– Les flicards, y t'auraient jamais trouvé. Des guignols tous. Et puis après, on aurait pu se faire la belle, tous les deux.

Paul peut toujours parler. Cyril, lui, a agi. Pour la première fois il se sent aussi fortiche que son copain. Bombe le torse, hausse les épaules : la mimique de la suprématie ! Héros dont le récit s'affabule à mesure qu'il le conte ; ménestrel qui chante, haut et fort, sa glorieuse épopée.

Paul ne s'y trompe pas. Il a beau tenter de coqueter, le claironnement n'y est pas.

– Les cognes, y m'auraient jamais eu ! Mais j'me suis assis sur un banc où y avait une cloche. Il m'a dit de foutre le camp. Comme je ne bougeais pas, il m'a tabassé. J'lui ai rendu. Y a un flic qui s'est ramené pour nous séparer.

Le grand geste de dépit comme a, dans les films, le héros injustement touché :

– La malchance !

Il dira à maman qu'il est plus grand, plus fort que Paul ; plus... comment dit le maître à l'école ? Ah oui ! Charles le Téméraire ! Lui, il est Cyril le Téméraire.

Non. Il ne lui dira rien puisqu'elle a cessé de l'aimer. C'est pour cela qu'il a voulu s'en aller, là où il n'y aurait pas la maman de mon bébé qui n'est plus lui.

*
* *

– Dis donc... ça, qu'est-ce que c'est ?

Le père de Paul brandit son butin.

– Tu le vois, non, des cigarettes !

– C'était dans ton blouson. À qui les as-tu fauchées ? Pas à moi – il aurait préféré – je ne fume pas cette marque.

Paul est en boule dans un coin, bras repliés, prêt à défendre son visage contre la gifle paternelle, habituelle.

– J'les ai pas fauchées ? J'les ai achetées.

– Et avec quoi ? Tu n'as pas d'argent.

Temporiser en attaquant :

– Tiens ! t'avais refusé d'm'en donner !

Colère contre agressivité :

– Je refuserai toujours quand tu auras un C. Tu n'as qu'à mieux travailler ! Alors, où tu l'as pris le fric ?

– Dans ta poche.

(Fausse) vérité qui lui vaut une bourrade. La veste du professeur, abandonnée sur une chaise, pendant la récré. Pas malin !

Le père sent les cigarettes.

– Ce n'est pas du cannabis, au moins ?

Il n'y croit d'ailleurs pas. À neuf ans... il se remémore avec une indulgence gaie, qu'à l'âge de Paul, il barbotait des cigarettes et allait les fumer dans les cabinets. Mais quelle dérouillée il avait reçue ! La même qu'allait prendre son fils !

Pour l'instant, un autre sujet, plus grave, le préoccupe.

– Qu'est-ce que c'est, cette histoire ? Ton pote Cyril a fugué ? C'est pour ça que sa mère m'a téléphoné hier soir !

Juste le soir où son père est rentré de bonne heure, furax : sa copine et lui s'étaient engueulés. J'lui ai dit que j'avais quitté Cyril à la sortie de l'école... mais si j'avais été seul, j'aurais trouvé mieux !

– Je n'aime pas ça ! Et pourquoi il est parti ?

– J'en sais rien.

Faut-il un motif pour se barrer ? Paul ne s'était pas posé la question. Simplement il avait admiré son copain de l'avoir osé, et jalousé. Mais, avec les parents, faut toujours donner une explication-excuse.

– S'était fait disputer par sa mère.

Soupir de satisfaction – de satisfaction vraiment ?

– Avec la mienne ça risque pas. Pour ce que je la vois ! Et bonjour au revoir.

Paul mâche son sandwich de rillettes en regardant vaguement la télé. À côté de lui, un verre de rouge. Son père l'a prévenu, ce matin, qu'il rentrerait tard dans la nuit. La vie est belle ! Sur la Deux, une bête histoire d'amour. J'en ai rien à foutre de leurs bécotages. Hier, il y avait un chouette programme : un môme de trois ans kidnappé par une vieille foldingue après que sa mère a été tuée et violée. Il y avait eu l'annonce traditionnelle : « déconseillé aux enfants de moins de douze ans. » Heureusement, son père ça le laisse froid. Il a de bons côtés ! Et les raclées, comme celle d'avant-hier, Paul y est habitué. Avec une patiente impatience, il attend d'être assez grand pour lui rendre ses coups.

Il zappe par habitude. Plus intéressé par son cinéma intérieur que par celui de la télé.

C'est la nuit que les enfants pensent. Dans la journée, ils crient, ils rient, ils jouent, ils vont même parfois à l'école.

J'veux pas être comme mon père derrière une pompe : « Combien monsieur... merci monsieur... »

Un reportage romancé sur la drogue lui fait fixer le petit écran ; les flics ça a gros de paroles mais pas un rond et on leur tire dessus. Le dealer colombien, lui, est milliardaire : une piscine, yacht, et tueurs à sa botte. Essayer le crack... ouais... mais j'ai pas le fric, et puis ça rend dingue. Le vendre, oui, ça c'est malin.

Rêve : Cyril sera son homme de confiance ; mais depuis sa fugue y s'prend au sérieux !

Ça lui passera. Sa place à lui, Paul, c'est celle du caïd. Il sait qu'il la reprendra. C'est une question de temps, mais il y parviendra avec une patience d'arriviste et une arrogance de chef.

Le temps que Cyril oublie son fait d'armes !

Son père est rentré à quatre heures du matin pour voir, furieux, Paul toujours devant la télévision qui gueule. Encore des histoires avec les voisins !

Il s'approche de l'enfant qui s'est endormi. Éteint le poste sur une émission culturelle. Prend doucement son fils dans ses bras (vague remords, attendrissement), le porte sur son lit, lui enlève ses chaussures, et le borde, tout habillé sans que le gamin se réveille.

VII

Cette boule de poils d'un gris noirâtre avec juste deux taches blanches, une sur le poitrail l'autre sur la patte droite, dont on ne peut distinguer la tête de la queue, et grand comme deux mains, René la tend à son fils ; œil pas tellement content et sourire paternellement affectueux :

– Il te plaît ?

Cyril, incrédule, regarde la « chose » – battements de cœur accélérés – regarde son père, et demande ce qu'il sait :

– C'est un... chien ?

– Ça se voit, non !

Prudence est mère de tous les espoirs !

– Et c'est... pour moi ? Tu me le donnes ?

Bien suffisant qu'il ait cédé aux supplications de sa femme, aux admonestations de sa belle-mère, au conseil-ordonnance du pédiatre, s'il faut encore qu'il supplie son garçon !

– Pour qui veux-tu que ce soit ? Alors, tu le veux ou tu ne le veux pas ?

La récompense de la fugue ! Si « on » s'en était remis à lui ç'aurait été une bonne fessée... mieux, le fouet, comme autrefois. Nos aïeux, eux, savaient traiter leurs enfants.

Cette nuit affreuse ! Le cerveau, l'âme, le cœur, quel que soit le nom qu'on lui donne, a été impressionné à jamais ; une plaque photographique dont la peur, l'angoisse ont été le révélateur : l'amour paternel. René ne savait pas – l'habitude, la coutume – qu'il était aussi fort ; qu'il pouvait s'allier aux « on » pour vous amener aux pires sottises : ce chien !

Cyril, partagé entre deux sentiments : un chien pour moi, l'impossible geste de son père... il y a quelque part, quelque chose d'incompréhensible. Et pourtant papa lui tend bien, lui offre, cet ourson en quête de maître.

Comment le chiot est-il passé des mains de René dans les bras de Cyril ? Un rapt !

– Il... il n'a pas d'yeux.

Ce n'est pas ça qu'il voulait dire, mais, malgré sa joie immense, la crainte d'une erreur l'oblige encore à se faire confirmer, grâce à ce subterfuge, que c'est bien réel, que papa – papa ! – lui donne un chien.

René s'énerve. Est-ce là le remerciement d'un acte obligatoire mais contrariant ?

– Tu vois bien que ses poils les cachent !

Ce regard intense, ce début de sourire émerveillé :

– Vrai de vrai, c'est pour moi ?

Maman affirme – elle, il la croit.

– Puisque papa te le donne !

Et :

– Comment vas-tu l'appeler ?

Le nom a jailli sans recherches. Incarnation mythologique venue de l'Olympe des B.D.

– Snoopy.

Cyril serre le chiot, qui peu à peu secoue sa peur, contre son cœur. Comme maman tient Éric. Il est tout petit le chien : lui aussi un bébé effrayé. Oui, il faut le tenir contre soi afin de le rassurer ; une réflexion imperceptible jusque-là qui devient perceptible.

Doucement il a rebroussé les poils, découvre une petite truffe noire frémissante, deux yeux bruns, dans lesquels se reflète la tendresse du chien qui vient de trouver la seule chose qu'il exige pour vivre : l'affection d'un humain.

Le « tu pourrais quand même me dire merci » a fait retrouver la réalité familiale. Un « Oh oui, papa, merci ! » hâtif, suivi d'une constatation importante :

– Il faut que je lui coupe ses poils sur les yeux. Sans ça il ne peut pas me voir.

– Surtout pas, a dit, indigné, le vétérinaire chez qui Chantal – Murielle garde Éric – est venue avec fils et chiot pour faire vacciner ce dernier.

Une petite tape sur l'épaule de Cyril remplace l'indignation.

– C'est ton chien ?

– Oui.

Pouvoir répondre sans hésiter « oui » à un frappement qui adoube Cyril « Maître » de ce chiot !

– Alors, écoute-moi bien : c'est un chien des neiges. Ses poils recouvrent ses yeux pour le protéger de la réverbération. Il ne faut pas les lui couper. Ne t'inquiète pas. Il voit très bien au travers.

Et, tourné vers Chantal :

– Où l'avez-vous acheté ? Il est bon, mais malingre et mal soigné. Oh ! les chenils...

Elle est gênée d'avoir à répondre :

– Mon mari l'a eu à la S.P.A.

– Effarant ! Un chien de race ! Mais, bon sang pourquoi prend-on des bêtes pour les abandonner ensuite ? Ce qui est étonnant c'est que celui-ci soit si jeune.

Il regarde les crocs-grains de riz.

– Six, sept mois. D'habitude c'est le contraire : on achète un petit animal, un nounours avec lequel on joue... et puis quand il grandit, il faut le descendre, on part en vacances, alors on l'abandonne n'importe où. Encore heureux quand c'est à la S.P.A... Enfin, celui-ci a eu de la chance !

Un pathos sans intérêt. Cyril caresse le chiot qui tremble comme tous les chiens posés sur la table d'examen d'un vétérinaire. En revanche :

– C'est un terrier du Tibet que tu as. Si tu le soignes bien il va devenir très beau, avec des poils noirs bouclés. Mais il faut que tu le peignes tous les jours. Et que tu lui apprennes à être obéissant, et...

Religieusement Cyril écoute ces commandements, autrement importants que ceux du catéchisme.

– Il gardera ses taches blanches ?

– Bien sûr.

En parlant, le vétérinaire enfonce dans le cou de Snoopy l'aiguille qui fait si peur à Cyril. Ne pas le montrer ; il doit être courageux devant « son » chien.

– Il n’a pas pleuré.
Chantal sourit à son fils :
– Toi, tu aurais fait une belle comédie.
– Non.
Un « non » affirmatif de futur.

René a repris son ton d’homme-père pour ordonner :
– C’est toi qui lui donneras sa pâtée, qui le promèneras, qui...
Comme s’il pouvait en être autrement !

– Peuh ! a dit Paul, dédaigneux. Un chien, ça... c’est nul ! Un berger allemand comme celui de mon père, oui c’est un chien, un vrai. Mais c’plein de poils...
Cyril est prêt à l’attaque, depuis sa fugue dominant Paul ; il n’accepte pas sa mauvaise foi.
– Mais il est à ton père. Snoopy est à moi. Et puis c’est pas vrai c’que tu dis. T’es à côté de la plaque mon vieux ! Au Tibet ces klebs-là, ils gardent les caravanes et tirent les traîneaux. Le véto me l’a dit.
Paul a ricané.
L’amitié est ombrageuse entre enfants et n’admet pas le partage. Il aurait détesté Éric si Cyril l’avait aimé. Il le déteste en accord avec son copain, ce qui est dissemblable.

Huit jours, pendant lesquels il n’a pas, comme à l’accoutumée, raccompagné Cyril jusqu’à la porte du pavillon. Il n’y entre jamais, voulant ignorer ce que lui n’a pas.

Mais ce soir il a tendu un livre à Cyril : « J'élève mon chien. » Il l'a fauché à son père. Sur la couverture la tête d'un chien-loup. Moquerie-cadeau pour une réconciliation à laquelle Cyril ne prête pas plus attention qu'il ne s'était aperçu de leur brouille. À la maison, il y a Snoopy qui l'attend.

VIII

– On se fait un ciné ? Il y a un chouette Schwarzenegger ! et après on se tape un McDo. Y vous demandent pas votre âge pour vous servir. Qu'est-ce que t'en dis, mec ?

Ce qu'en dit Cyril ? Bougon vexé :

– Pas de fric.

Royal, Paul sort deux billets de cinquante.

– J'ai d'quoi. J't'invite.

Yeux écarquillés, son copain regarde les têtes de Mermoz : un aviateur pour un hamburger : la vie évolue à la vitesse du Concorde.

– Ton argent de la semaine ?

Paul le toise, apitoyé.

– T'es con ou quoi ? J'les ai fauchés à mon père.

« Fauché », un mot redoutable et fascinant ! Si je… à papa…

Paul a deviné ses pensées. Gentil : gentil, puisque à nouveau c'est lui le dominateur, il peut se le permettre.

– Ton père, il est comptable. Y s'en apercevrait tout de suite. Le mien… ça rentre, ça sort, y sait jamais.

Brandit un nouveau billet. Ricane :

– Et c'lui-là, tu sais d'où j'le sors ? In the pocket d'un môme que j'peux pas blairer !

Cyril avale difficilement sa salive… dit : « Faudrait que j'prévienne maman », pense : « Snoopy, est-ce qu'elle pensera à le sortir ? et puis, il va être triste. » Mais perdre la face est quand même plus grave !

– Putain ! ça craint, boy ! Heureux qu'moi j'suis libre de faire ce que j'veux.

Un lieutenant cette lavette ! Aura les chocottes quand il s'agira de faire acte d'homme. Mais il l'aime bien son pote : sa faiblesse ! Et magnanime :

– Téléphone-lui à ta mère. Elle se consolera avec ton frangin. T'en fais pas.

Éric a deux ans maintenant. Trois mois de moins que Snoopy. Ce n'est pas pour maman que Cyril hésite à ne pas rentrer.

– Maman, j'vais chez Paul faire mes devoirs. Il y a un problème d'arith. Il est plus fort que moi.

Tout au bout d'un fil imaginaire Chantal s'agace… ce n'est pas la première fois que son aîné lui fait le coup. En deux ans ce qu'il a pu changer ! Regarde le blondinet qui joue gravement à ses pieds. Lui aussi, mais il est toujours mignon. Elle dit quand même – souvenir malsain de la fugue qui lui fait passer sur beaucoup de choses – :

– Oui. À condition que tu sois à l'heure pour dîner.

Paul pousse son pote du coude : « Dis-lui que mon vieux nous emmène au resto… »

– Le père de Paul va nous emmener au restaurant, maman.

Très vite, pour qu'elle n'ait pas le temps de s'y opposer :

– Dis maman, tu feras sortir Snoopy dans le jardin. Tu n'oublies pas.

Il a raccroché avant que Chantal ait d'un « non » catégorique supprimé un plaisir que seul vient contrarier un remords en forme de quatre pattes, une queue.

Cyril tourne vers son copain un visage blasé.

– On y va !

Une soirée méga. Torride… les poings de Schwarzenegger, deux massues sous les coups desquelles les gars tombent comme des fleurs coupées. Et le McDo : Divin puisqu'il a le goût du péché.

Cyril en a glissé un petit bout en douce dans sa poche, pour Snoopy. Il le lui donnera en arrivant afin de se faire pardonner. Maman fera ses yeux tristes et le père criera mais ça « je m'en fous ! ».

– C'est bien, mec. Tu deviens un homme.

Paul raccompagne Cyril. Histoire de ne pas rentrer tout de suite dans l'appartement où personne ne s'inquiète de lui. Pour excuse : chef, il se doit de protéger ses troupes.

Justement, venant vers eux, barrant toute la rue, cinq grands ; quinze ans minimum. Alignées le long du trottoir, cinq rutilantes motos. Montures modernes de ces modernes chevaliers dont le nom et le sentiment ne peuvent se prononcer qu'en verlan. Les règles de leur ordre réduites à une seule « sans foi ni loi » qu'ils respectent scrupuleusement. Paul fait une grimace.

– Merde ! C'est la bande à Nicky. Ils descendent de Sarcelles. Des violents, des salauds. Ils attaquent les plus jeunes qu'eux ! et s'ils sont flippés…

Il les hait d'autant plus qu'il les envie. Vivement qu'il ait quinze ans… même quatorze… treize… une barrière qu'il a hâte de franchir.

Peureux, Cyril quémande :

– On passe sur l'autre trottoir…

– Dingue t'es, ou quoi ? Là, question de nous apprendre le respect, ils nous tabassent à mort ! Et puis, on aurait l'air de quoi ? D'avoir peur de ces mégalos.

Un ado s'est détaché de la bande. S'avance, en moqueur :

– Alors, les mômes, on rentre chez papa-maman, bien sagement…

Il s'approche de Cyril :

– Dis donc, c'est un beau blouson qu'tu as ! On le dirait fait, tout spécial, pour mon frangin. J't'le prends. Ton papa t'en rachètera un autre. Tandis que l'mien il est au chôm, alors faut partager. C'est l'abbé Pierre qui l'a dit.

Sans comprendre comment, éberlué, effaré, Cyril se retrouve dépouillé du blouson, et « au poil ton sac à dos » dans les mains d'un autre gars qui s'est approché.

Paul fonce, tête baissée, en hurlant.

– Fais gaffe à tes couilles, mec !

Justement dit. Mec se tord de douleur en lâchant le sac. Ébahi, ahuri Cyril avance une main machinale pour le récupérer. Toute la bande tombe sur ces gamins qui ont l'audace de résister.

Un coup de poing a fait gicler le sang de la pommette de Cyril. La vue du sang les met en transes. Qui, le premier, a poussé le grand cri sauvage repris par tous ? Le long, long hurlement de l'homme préhistorique. Ils ne le savent pas mais ils sont pareils à lui. Comme lui, parfaitement cruels et amoraux. L'Homo avant l'Homo sapiens car ignorant de la sagesse et de la pensée. Brutes à l'état pur. L'horreur des films d'horreur.

Les quelques passants passent au large, accélérant le pas. Ne voulant pas savoir, surtout, que deux mômes sont en train de se faire massacrer.

Cette indifférence devient à force de normalité, une sorte de philosophie, plus proche de celle des primates que de celle de Socrate.

– Je me demande ce qui a pris à ta mère – coup d'œil sévère du pater familias – de te donner cette autorisation. Paris devient de plus en plus dangereux, mais la nuit, et en banlieue c'est le pire. Heureusement que quelqu'un a quand même pris la peine d'appeler la police !

Bandé, radiographié, piqué (contre le tétanos, on ne sait jamais…), dorloté par maman, léché (eh oui !) par Snoopy, grondé par papa, Cyril est le héros de cette nuit tumultueuse.

Vindicatif et revendicatif, René plaide la cause de tous les bons Français :

– Les Américains, eux, ont le droit d'avoir une arme !

– Les Amerlocks, eux, ont le droit d'avoir une arme… affirme Paul en accord, sans le savoir, avec René.

Il ajoute, juriste en diable :

– Grâce au deuxième amendement de la Constitution.

Fronce les sourcils, à la recherche du texte, que lui a rabâché hier la télévision, de ce fameux amendement. Il lui en reste quelques mots « … le droit des citoyens à porter une arme… »

Ce dont il se souvient parfaitement, c'est du nombre d'armes en possession des civils américains.

– Tu te rends compte : deux cent trente millions. Tu sais ce qu'il a dit le patron de Smith et Wesson ? Smith et Wesson, tu connais…

D'une mimique de muet, Cyril, humblement, avoue son ignorance.

– Le premier fabricant d'armes de poing ! Faut quand même que tu saches ça… T'as pas vu, à la télé, le reportage qu'ils ont fait ? Eh bien, le gars, il a dit : « Le 59 c'est bon pour toute la famille, c'est facile à utiliser. » Si on en avait eu un le soir où ces salauds nous ont attaqués…

Ses yeux brillent à l'idée du massacre. Et, citation qu'il s'approprie, d'une honorable dame américaine :

– Tu sais, on ne tue jamais pour blesser…

– Pour quoi alors ? demande l'innocent.

Paul en est dégoûté :

– Pour tuer, voyons ! Même qu'il y a un pasteur qui a dit : « Si nous perdons le droit de porter des armes, nous perdons le droit de prêcher l'Évangile. »

Que dire après le représentant de Dieu ?

À l'école, ils sont l'Événement du Jour, entourés par les autres élèves, admiratifs, craintifs, futures victimes de la violence : le premier contact de cette classe de 5e avec cette violence que pourtant tous abritent en eux. Résorberont, au cours des années, ou libéreront.

L'enfant naît à l'état primitif, ignorant la morale de la société, sauvage et cruel, affirment les psy. Cruels, c'est à voir. Il y a ceux qui arrachent les ailes des mouches ou des pigeons, et ceux qui recueillent les moineaux tombés du nid.

Génétique ? Un peu trop facile. Le bien et le mal ne sont pas toujours en rivalité, voire parfois s'accommodent fort bien l'un de l'autre. Les bons seront à ma droite, a affirmé Dieu, et les mauvais à ma gauche. Mais Dieu est Dieu et les psy sont ses prophètes.

Il arrive cependant que les élus du départ deviennent les « mauvais » pour… panser une secrète blessure… se prouver à eux-mêmes qu'ils peuvent dépasser les autres… se faire remarquer, eux qu'on ne remarque pas. Pour… pourquoi ? Il est plus rare que les bossus deviennent droits, que les arracheurs d'ailes se fassent vétérinaires.

Cela aussi arrive. La vie a ses exigences ; elle ne les découvre qu'au fur et à mesure que s'écoule le temps, se font et se défont les amitiés, les affections, les coïncidences, les hasards.

Mais, à dix ans, ils sont tous en état de réceptivité : peur ou admiration ils font le cercle autour des personnages d'un fait divers qui se renouvelle, toujours pareil, et pourtant encore inhabituel, puisqu'il échappe à la permanence ; la violence actuelle ne date pas de si longtemps… quelques années. Un feu qui couvait, presque éteint sous la morale et les bons sentiments, que le vent des médias a ravivé, puis alimenté jusqu'à en faire ce foyer ardent où brûlent et se consument toutes les notions si péniblement acquises, des civilisations… pas si longtemps puisque les professeurs n'ont pas encore compris, ni admis, et que les plus anciens parmi eux se rappellent l'époque où la politesse était exigée, les gros mots interdits, le calme des classes, monacal, les maîtres, craints, que l'on n'aurait jamais osé agresser en paroles ou en actes, de peur de passer en « conseil de discipline » ou – déshonneur de la famille – de se faire « renvoyer ».

L'école a toujours été celle de la vie, et la vie d'aujourd'hui est dure. Alors dur en est l'apprentissage.

Les élèves d'Alain sont devenus des casseurs.

Momentanément, le professeur d'histoire – c'est bien de l'Histoire qu'il s'agit « en l'an de malgrâce 1994 la violence sévit dans le monde entier » – s'est joint aux élèves de sa classe pour questionner ces deux-là… pas plus mauvais ni meilleurs que les autres ! Pourtant si, avec la perte de son blouson, Cyril est la « victime », Paul « dans les couilles que j'lui ai envoyé un coup de tête, monsieur » ne peut qu'être félicité.

Il pleut, une petite pluie grise et morose, une pluie de banlieue. Ils sont, le héros et la victime, en arrêt fascinés, devant la vitrine de l'armurier. Le seul de tout ce côté ouest de Paris. À part quelques rares chasseurs – hors le pigeon quel gibier trouver ? – ou un commerçant de quartier chaud muni d'un port d'arme, sa clientèle étant composée de femmes lui achetant « une bombe, dans le cas où je serais attaquée, que je puisse me défendre » et de voyous qui viennent pour la même marchandise, mais dans un but contraire.

Pourtant, pour sauver l'honneur du métier, et avant qu'il ne ferme définitivement, il y a des armes – des armes chez un armurier, c'est quand même normal – dans sa vitrine. Extatique, Paul les nomme en même temps qu'il les désigne à Cyril. Il faut bien qu'il fasse l'éducation de son futur lieutenant.

– Tiens, regarde : ça c'est un fusil K 47. Et ce pistolet, un calibre 48.

Le (petit) marchand d'armes qui, faute de chalands, s'ennuie, s'est mis sur le seuil de sa porte pour regarder tomber la pluie. Amusé, il rectifie :

– Tu te trompes mon garçon, ce n'est pas un pistolet, mais un revolver.

De honteuse vexation, Paul rougit, et puis fait le mariole :

– Ben justement, c'est celui-là que je veux acheter.

Gouailleur, l'homme regarde le gamin qui toise l'homme.

– Tu sais très bien que je ne peux pas te le vendre !

– Pourquoi ? J'ai le fric.

Il tire de sa poche, en pagaille, les billets raflés dans la caisse paternelle.

Cette fois l'armurier ne rit plus :

– Je n'ai déjà pas le droit d'en vendre aux adultes. Alors à toi…

Paul ricane :

– Comme si je ne le savais pas… faut s'laisser crever la peau et rien dire. Ah là là ! si on était en Amérique… même dans les supermarchés on vend des pistolets.

– Dis donc tu parles bien fort pour un gosse. Tu as quoi ? dix ans ?

– Onze !

– Onze, et alors ? Tu n'es qu'un enfant et tu veux une arme ?

Cyril s'en mêle, fidèle à son chef, montre son genou bandé qui le fait un peu – mais ça fait bien – boiter.

– On a été attaqué il y a deux jours monsieur. C'est juste qu'on veuille se défendre !

L'armurier a hoché la tête : la violence engendre la violence.

Dimanche, jour familial. Papa, Snoopy, Cyril, et Éric qui traîne par terre une chose informe, son jouet préféré, sont dans la salle à manger. Dans la cuisine, bien nette, bien propre, maman chantonne.

Cyril a mis sur l'électrophone un vieux disque de Johnny Hallyday… Jojo, il aime bien et son père, que *Le Pénitencier* rajeunit de vingt ans, accepte le rocker de cinquante piges.

– Tu veux une tasse de café, chéri ?

Tout ici est douceur, calme et tendresse.

Éric a abandonné la chose qu'il frotte par terre avant de la porter, hilare et gourmand, à la bouche, au profit de Snoopy. Il passe ses doigts dans les boucles noires. Un grand coup de langue l'en remercie.

Le désordre, cher aux célibataires masculins, répand ses chemises sales et les bouteilles vides : une marée qui, partie de la chambre a gagné la salle à manger et remonte jusqu'à la cuisine où Paul, sans conviction, tartine de rillettes une épaisse tranche de pain en écoutant un CD du groupe le plus terrible, Acid-Jazz. Ça c'est du rock giga ! Sûr que Cyril ne le connaît même pas ! Lui, il en est à Johnny Hallyday ! Pauvre cloche.

– Emmène ce chien dans ta chambre, IMMÉDIATEMENT.

Immédiatement devient une énorme bulle qui va éclater en gifles et en cris.

Cyril arrache le chien des petites mains d'Éric qui pleurniche. Chantal surgit de la cuisine :

– Que se passe-t-il ? René, qu'est-ce que tu as à crier ?

Elle a pris Éric contre elle ; la mère qui défend son petit : « Qu'est-ce qu'il a ? Pourquoi pleures-tu, mon petit ange ? »

– Ce qui se passe, gronde son mari. Tu peux le débarbouiller ton chérubin. Ce chien l'a léché de la tête aux pieds.

Dans les bras de Chantal, Éric. Dans ceux de Cyril, Snoopy. Le bébé et le chien se regardent. Dans leurs yeux la même interrogation ! Pourquoi les a-t-on séparés ?

– Et alors, dit, insolent, l'aîné, s'il le lèche c'est qu'il l'aime. C'est pas pour le mordre ! Qu'est-ce que tu as à lui reprocher, papa ?

– Qu'un chien c'est sale, dégueulasse ; que ça renifle toutes les pisses dans la rue et qu'après, ça vous les balade sur la figure. Combien de fois, je t'ai dit que je ne voulais pas voir cette bête dans le salon !

– Viens Snoopy, dit doucement Cyril. On va aller, tous les deux, dans ma chambre. On est de trop ici.

Jamais, même contre une place pour le match du siècle, Paul n'avouera qu'il en a marre des sandwichs. Il grignote celui-ci en regardant, pour le faire passer, la dernière vidéo que son père a achetée, *Chuky*, une poupée servant de réceptacle à l'âme d'un maudit : une orgie d'horreur et de violence.

Il en oublie le pain aux rillettes.

La nuit tombe sur la banlieue et ses habitants, enterrant un dimanche de plus. Un dimanche en – ou sans – famille.

IX

– Chantal.

– Oui, chéri…

Chéri, un mot usuel qui ne veut plus dire grand-chose après quinze ans de mariage.

– Tu vas me débarrasser de ce chien.

– Quoi ? de quel chien ?

Elle ne joue pas la comédie, mais réellement ne pense pas à…

– Snoopy !

Ce n'est pas possible. Elle a mal entendu. Ce petit chien qui vient lui apporter sa laisse : il sait où elle se trouve – et ça sert à quoi une petite gueule noire ? pas seulement à manger. Ce n'est pas aussi bien que des mains, mais pour les moments importants comme sortir, ça peut les remplacer – Snoopy fait partie de la famille depuis trois ans maintenant. « Ce n'est qu'un chien » ne lui vient pas à l'esprit.

– Tu m'as bien entendu : je t'ai dit que je ne voulais plus de cette bête. Cyril est équilibré, n'est plus jaloux d'Éric, s'il l'a jamais été…

Il s'est laissé manœuvrer par les femmes, la sienne et sa belle-mère :

– … hier soir il lui montait un jeu de construction.

Chantal redit, incompréhensive :

– Snoopy ?

– Ça fait trois fois que tu le répètes. Oui, Snoopy ! Je l'ai pris à contre-cœur parce que toi et ta mère… il hésite, puis : vous m'avez cassé les pieds.

Chantal se défend :

– Le psychiatre…

– Ça vous a remplacé le confesseur, le psychiatre… des histoires de bonne femme ! D'ailleurs c'était un pédiatre. Enfin, bon, ce n'est pas de ça qu'il s'agit. Cet animal me sort par tous les pores ! Alors tu vas m'en débarrasser maintenant qu'il a rempli son office, il n'a plus rien à faire ici.

Jamais, non, Chantal n'aurait pensé que René voudrait se « débarrasser » du petit chien.

Maladroitement, elle le défend :

– Mais même Éric s'y est attaché. Quand Cyril est en classe c'est avec lui que joue Snoopy. Ils sont tellement mignons tous les deux : on dirait qu'ils se comprennent.

Stricte vérité : les zoologistes pensent de plus en plus que bêtes et bébés ont un langage commun. Ce qui importe peu à René qui l'ignore et, de toute façon, est maître chez lui. Une prérogative millénaire, elle !

Il a ce ton qui toujours a fait trembler sa femme. Non par peur de lui, mais de la perspective d'une scène qu'elle a, d'avance, en horreur. Cherche comment temporiser. Une explication… mais, avec son mari, quand il a une idée fixe dans la tête, c'est impossible. Elle le sait. Tenter de jouer le registre sentimental :

– Cyril va être très malheureux, il l'adore. Ce chien, il n'est pas embêtant. Il est propre, n'aboie pas. Qu'est-ce que tu lui reproches ?

– D'être un chien ! Tu sais très bien que je ne supporte pas les animaux ! J'ai pris celui-ci parce que tout le monde s'est ligué contre moi, mais maintenant F I N I.

Il s'échauffe en parlant. N'admet pas que sa femme lui résiste. Suffisant qu'au bureau il doive s'aplatir. Du moins, à la maison, il a le droit de parler et d'être obéi.

Les larmes, dans les yeux de Chantal, l'exaspèrent.

La dispute à l'horizon se profile, aiguë. Un roc contre lequel Chantal n'est pas de force à se heurter. Tenir tête à l'Homme, Chef de Famille et Gardien du foyer est impossible. Si seulement sa mère était là… mais elle est partie passer ses vacances en Thaïlande, « ma petite fille, ton père est mort quand tu étais encore bien jeune – un soupçon d'agressivité dans sa voix : il a osé lui faire ça ! – alors autant que je profite de ma liberté. Je la mérite bien avec tout ce que je vois à l'hôpital ! »

À qui se raccrocher en son absence ?

– René…

Une voix suppliante.

Puisqu'elle le supplie c'est qu'il a la suprématie. Peut-être que si sa femme avait dit « d'accord, mais… »

Snoopy eût été sauvé. Là, contre cette faible résistance, il impose son droit, de droit divin : Adam, etc.

– Débrouille-toi comme tu voudras, mais je ne veux pas le trouver quand je rentrerai ce soir.

Chantal appartient à l'ethnie des Vaincus.

Parce qu'elle s'est attachée à Snoopy, parce qu'elle sait le chagrin de Cyril, elle pleure.

Mais elle obéira.

Éric joue avec Snoopy. Pourquoi sa mère veut-elle son joujou ?

– On s'amuse tous les deux.

– C'est l'heure de le sortir, Éric.

– Non, c'est pas vrai, c'est pas l'heure.

– Allons Éric, sois sage. Viens Snoopy.

Elle agite la laisse. L'objet du plaisir de la rue fait japper joyeusement le chien. Elle l'attache pendant qu'Éric va bouder dans un coin.

Snoopy stoppe sa fête, regarde, à travers ses longs poils, Chantal. Elle a une odeur qui lui déplaît : l'odeur de la tristesse. Elle sent triste.

Le chien a retrouvé ce qu'il a définitivement oublié : la cage de la S.P.A. Il ne comprend pas. Un inconnu est venu le voir après le départ de Chantal, lui a tapoté le museau : « T'en fais pas. Beau comme tu l'es, tu retrouveras vite un autre maître. »

Des mots qui ne disent rien au terrier. Ce qu'il sait c'est qu'il est enfermé, que Cyril n'est pas là, que Chantal est partie après l'avoir amené dans cet endroit déplaisant où hurlent à la mort des chiens, comme lui, enfermés. Il geint doucement.

L'homme le regarde, apitoyé : « C'est pas croyable, une belle petite bête et l'abandonner comme ça. » Les mêmes paroles prononcées, il y a trois ans par le vétérinaire. Mais ce jour-là, lui, avait ajouté, en caressant Snoopy : « Enfin celui-là a de la chance. »

L'employé de la S.P.A. va épiloguer longtemps sur la méchanceté des humains et leur mauvaise foi : « Chien ou chat, ils leur font des promesses qu'ils ne tiennent pas. »

Avec tout ce qu'il y a de bêtes ici, il a de quoi le ressasser.

Éric regarde, fâché, sa mère :

– Où est Snoopy ?

– Je... je ne sais pas.

Moue de pas-content.

– C'est pas vrai. Tu l'as emmené promener. Il doit être avec toi.

Cette certitude de l'enfant qui sait bien ce qu'il a vu, et en déduit ce qu'il devrait voir.

Que lui dire ? Pas la vérité.

Et l'observation puérile, exacte :

– T'as été longue. Quand tu le promènes, tu reviens tout de suite.

Sous le regard inquisiteur de son fils Chantal se trouble, comme elle ne se troublerait pas devant celui d'un adulte. À un adulte, on peut mentir. Mais ce regard ingénu, sans malice, exige la vérité. Inventer, au fur et à mesure, une histoire plausible frôlant au plus près la réalité. Pense à Cyril qui va lui poser la même question. Pour l'un comme pour l'autre, gagner du temps.

– Écoute… mais tu promets de ne pas le dire à ton grand frère ?

– Je promets…

On promet toujours à maman. La question n'est pas résolue pour autant :

– Mais où est Snoopy ?

– Je l'ai perdu. (« Nous l'avons perdu » ne serait-il pas plus juste ? la perte du chien : perte, comme définitif, comme mort.)

Fabule :

– Je l'ai détaché et… et il s'est enfui. Je l'ai cherché partout. Voilà pourquoi j'ai été si longue.

L'enfantine figure se fronce, les larmes jaillissent :

– J'veux Snoopy.

Les petits points fermés qui la frappent.

– Où est Snoopy ?

– Je ne sais pas mon bébé (détourne la tête de la vérité : une cage) je te dis qu'il s'est enfui.

Incrédule : une maman = Bon Dieu :

– Et tu l'as pas trouvé ?

Chantal baisse la tête. Un mensonge :

– Non…

– C'est pour ça que tu veux pas que j'le dise à Cyril. Tu as peur qu'il te gronde ? – Éric sanglote contre l'épaule de maman. – Il va avoir du chagrin ! Comme moi.

Chantal déteste René, déteste ce qu'elle vient de faire. Se déteste. Demain, elle ira à la S.P.A. reprendre le chien. Son mari dira ce qu'il voudra, elle s'en moque. Demain…

– Tu sais, il va sûrement revenir.

Espoir :

– Quand il aura faim… pour dîner ?
– Ou… oui.
Demain.
– Oui, demain. On nous le ramènera. J'ai prévenu les commerçants.
– Y z'aiment bien Snoopy. Le Tunisien y lui donne un gâteau. Peut-être Snoopy, il est allé chez lui pour avoir un gâteau ?
Les larmes s'arrêtent avec l'espoir qui revient.
– Pourquoi tu veux pas le dire à Cyril ?
Gagner du temps jusqu'à demain. Demain est un lointain pays où tout s'arrangera. René verra ce soir le chagrin des enfants. Quand elle ramènera le chien, il n'osera rien dire.
Éric se sent le complice de maman. Puisque sûrement, maman l'a promis, Snoopy va revenir. Il a un peu peur du grand frère qui n'est pas toujours gentil. Il ne veut pas non plus qu'il ait de la peine. Mais, avant tout, qu'il ne gronde pas maman. Il en oublie son chagrin. Pourtant :
– Cyril va voir qu'il n'est pas là.
La mère et le fils réfléchissent. C'est Éric qui donne la solution :
– On va dire qu'on a laissé la porte de la maison ouverte. Il est allé dans le jardin et y s'est sauvé.
Oui, Snoopy a pu passer entre deux barreaux du portail. En trois ans, il ne l'a jamais fait…
Éric regarde maman qui a l'air tellement ennuyé :
– Tu vas le retrouver ? Sûr !

*
* *

– T'as vu à la télé le mec qu'a tué cinquante-cinq personnes.

Ce n'est pas une question – il n'y a pas d'autres émissions que celle choisie par Paul, donc Cyril l'a vue – mais l'amorce d'une passionnante discussion.

Cyril écoute vaguement son pote. Le prof lui a filé un B en français, ce n'est pas mal ; mais son père va râler parce qu'il est arrivé dernier en arith. Le comptable n'admet pas cette lacune et son fils aura droit au paternel, « moi, j'étais toujours premier ! ».

– Oui, c'est moche, j'ai pas aimé.

– Faut quand même le faire... et puis, il retournait son couteau dans les yeux ; tu te rends compte !

Le prof d'histoire leur a parlé des croisades : les chevaliers n'étaient pas tellement tendres avec les infidèles. Mais ils étaient chevaliers et tuaient en bonne et due forme. À la loyale. Et au nom de Jésus !

Sans s'arrêter à ces détails, Paul poursuit son reportage télé.

– Et toutes les têtes entassées derrière le commissaire de police... j'en avais jamais vu autant !

Ce n'était pas un film d'horreur. Mais bien réel, une information-reportage diffusée entre un match de football et le tour du monde en quatre-vingts jours d'un catamaran frété par une marque de lessive.

X

– Snoopy !… Bonjour maman… eh bien Snoopy, tu ne viens pas me dire bonjour ?

Il est toujours là, à attendre Cyril derrière la porte accompagnant des aigus jappements la lourde batterie de la queue.

Cyril regarde maman qui tente un faux sourire, Éric qui s'est arrêté de jouer. Une ambiance anormale confirmant une crainte encore inexprimée.

– Où est Snoopy… maman ?

C'est Éric qui répond :

– Y s'est sauvé.

Le regard dur de Cyril fait peur à Éric. S'il ne lui fallait défendre maman...

– Qu'est-ce que tu racontes, toi ?

Chantal dit posément, dans la voix un imperceptible tremblement :

– Il va sûrement revenir, mon chéri, ne t'inquiète pas.

Puis :

– La porte de la maison était ouverte. Il est allé dans le jardin... je pense qu'il a dû se faufiler entre deux barreaux du portail.

– C'est impossible. Il l'aurait déjà fait !

La bouche sèche, le cœur qui bat trop fort, la voix rauque du stress.

Chantal s'y préparait, s'en était prémunie, ressassant la première phrase qu'elle dirait, celle qui niait l'inquiétude ; mais elle est quand même bouleversée. Si seulement Cyril pleurait, venait se réfugier dans ses bras. Lorsqu'il était petit et avait un gros chagrin...

– Tu sais bien que la porte du jardin est toujours fermée.

Une certitude. Le portail est constamment clos. Pour empêcher qu'Éric ne sorte ou qu'un voyou n'entre. Ici, dans ce quartier de pavillons, alignés bien sagement, tout est calme ; mais les banlieues chaudes, pas tellement éloignées, peuvent à n'importe quel moment y déverser leurs poubelles de paumés, de camés, de casseurs...

– Je ne comprends pas non plus, dit Chantal – ressaisie, elle affermit sa voix – mais tu sais, il va rentrer, ou quelqu'un le trouvera et nous le ramènera.

Une voix menue affirme un très gros mensonge :

– Maman était pas là. Elle...

Que couvrent les voix simultanées de Chantal et de Cyril.

– Je vais le chercher.

– Je suis passée prévenir les commerçants. Cyril écoute-moi, je suis certaine...

La voix baisse. S'arrêtent, les mots prononcés pour Cyril, déjà loin. Plus fort, s'éloignant de plus en plus c'est sa voix : « Snoopy… Snoopy… » qui s'éteint à son tour.

– Bonsoir ma femme, mon fils.

René, le sourire aux lèvres, rentre. Quelque chose qu'il n'a pas encore réalisé lui fait déjà plaisir : il n'y a pas d'aboiement.

Mais, le silence est si total qu'il en devient insolite.

– Qu'est-ce que tu as à faire cette tête, Chantal ?

– Papa, on a perdu Snoopy !

– Ah, bonne nouvelle. Tu as fait ce que…

Le doigt sur la bouche de sa femme tournée vers lui : il comprend, sans comprendre pourquoi.

Éric s'accroche à lui. Il a les yeux gonflés de larmes retenues qu'il ne retient plus.

– Maman…

Il se tait. Faut-il avouer la vérité à papa ? Ou lui mentir comme à Cyril ?

– Viens dans la chambre, René. Je vais t'expliquer pendant que tu te changes.

Docile, il la suit. Une seule chose compte : il est débarrassé du cabot !

– C'est à cette heure-ci que tu rentres, Cyril ?

René est à demi sévère ; question de principe, il dit ce qu'il a à dire. Chantal lui a arraché – difficilement – la promesse de laisser croire aux enfants que le chien lui a échappé… s'est sauvé de la maison… elle ne sait plus très bien ce qu'elle a inventé.

L'Homme-Père envoie une bourrade amicale à l'enfant-fils.

– Il faut te faire une raison mon garçon. Une bête, tu sais… qu'est-ce qui peut lui passer par la tête ?

Une phrase définitive : consolation pour un chien perdu.

Cyril ne l'a pas écouté.

– On le retrouvera mon chéri.

– Oh, ça !

Cyril s'esquive de la main affectueuse que Chantal a posée sur son épaule.

– Maman, je suis passé chez les Tunisiens. Ils n'étaient pas au courant. Tu m'avais dit que tu y étais allée.

– Tu sais… dans la journée, c'est tantôt l'un, tantôt l'autre. Ils sont toute une famille à tenir l'épicerie. Tu… ce ne doit pas être le même à qui j'ai parlé.

– Bon, dit René, qui a faim et est d'humeur agréable, dînons. Il ne faut pas que ceci te coupe l'appétit, mon petit Cyril !

Cette certitude que tous lui mentent. Même Éric.

Avant que les sanglots n'éclatent en pluie sur son visage il dit :

– Je n'ai pas faim. Je vais me coucher. Bonsoir.

Il claque la porte. Geste rageur qui ponctue sa détresse.

Seul dans sa chambre, Cyril peut pleurer sans honte, débarrassé de l'affectueuse condescendance-consolation de son père, « tu es un homme mon fils ! » allait venir, et de la tendresse trop voyante de sa mère. Il n'est plus un bébé. Qu'elle parle comme ça à Éric !

Depuis que le « chiard » est là, tout son univers d'enfant unique a basculé. Contrant Freud, ce n'est pas de son père qu'il est jaloux mais de son frère. Éric restera toujours le « bébé à maman » qui lui a pris sa place.

Ses rêves, ses angoisses, ses ambitions, c'est à son chien qu'il les confie. Dans la nuit grosse de leur avenir à tous deux.

Il réfléchit, mesure, dans sa tête, l'espace qui sépare les barreaux du portail. Oui, Snoopy aurait pu s'y faufiler. Mais pourquoi alors ne l'a-t-il pas fait plus tôt ? Quand il était petit, ça lui aurait été plus facile… il n'a jamais essayé. Et aujourd'hui ? Maman l'avait grondé, battu – parce qu'il avait fait une bêtise ?

Et puis pourquoi la porte du pavillon était-elle ouverte ? Il ne fait pas tellement chaud !

– Eh bien, Éric, tu ne manges pas ?

– J'ai pas faim. Je veux Snoopy.

– Même crevé, ce foutu chien ne me ficherait pas la paix !

– Il n'est pas cre… mort, maman ?

– Mais non mon chéri, ne pleure pas comme cela, voyons. Je t'ai dit que demain…

– Ni demain, ni un autre jour. Je ne veux plus voir ni entendre parler de cette bête !

Dans la nuit, dans ce no man's land entre le sommeil et le réveil, le rêve et la réalité, Cyril a appelé « Snoopy » comme il en a l'habitude de le faire pour que le petit chien monte clandestinement sur son lit.

Mais il n'a pas senti son poids plume, ni le coup de langue sur la main, et il s'est souvenu.

– Maman, c'est aujourd'hui demain, et Snoopy est pas revenu, et personne l'a vu.

– Demain, mon petit Éric, sûrement.

De demains en aujourd'hui qui se transforment en demain…

René a apporté des fleurs à sa femme. Il y avait si longtemps qu'il ne lui en avait pas offert qu'il a le geste gauche des premières fois et qu'elle rosit de souvenance.

XI

Il attend son pote devant le portail du jardin : Cyril est malheureux. C'est pourquoi il est venu le chercher. Il a de ces délicatesses, Paul.

– Tu es là... bonjour.

– Salut, boy.

En silence, ils se dirigent vers l'école.

Inutile qu'il demande si Snoopy a été retrouvé. Tout le lamente. Paul jurerait que Cyril a pleuré. Ne pas le lui demander... l'humilier en plus ! mais il le comprend. C'est un chagrin d'homme : un chien ça compte.

C'est Cyril le premier qui en a parlé. Paul ne se le serait pas permis.

– C'soir, ça f'ra quarante-huit heures qu'il a disparu.

– Elle tient pas d'bout ton histoire. C'est d'la frime. Mon Vieux laisse toujours son chien en liberté, y s'en occupe pas et jamais le klebs va plus loin que le lampadaire au coin d'la rue, quand il veut pisser ! Et tu m'as dit que lorsque vous sortiez tous les deux, tu ne mettais pas Snoopy en laisse. Preuve qu'il avait pas envie de filer !

– Oui, mais il était avec moi !

– Alors, p't-être il a voulu te rejoindre ? Mon père, quand il était gosse, son chien venait le chercher tous les soirs à l'école.

Il ébauche un petit rire :

– Tu imagines le chien, assis sur son cul, attendant la sortie des élèves !

Quelque chose comme un sourire sur les lèvres de Cyril.

– Oh, Snoopy aurait bien été capable de le faire !

Ce pourrait être cela… et qu'il se soit égaré ? Pourquoi pas… il ne sait pas où est l'école ; il n'y est jamais venu.

Paul se hâte de saisir cet embryon d'espoir :

– Tu sais, on a vu des chiens parcourir des centaines de kilomètres pour retrouver leur maître. Tiens, je m'souviens encore d'une histoire. Pendant la guerre de 40…

Qu'elle est loin cette guerre, aussi loin que Waterloo ou 1515 bataille de Marignan, dont son grand-père (bien sûr, héros de la Résistance) lui rebat les oreilles.

– … Y a un Anglais qui était venu combattre en France. Il était dans le… – hésite sur le mot, faudrait le redemander au pépé – … maquis, c'est ça ! Eh bien, un jour, qu'est-ce qu'il a vu surgir : son chien ! Le klebs, il avait traversé la mer pour rejoindre son maître. C'est pas beau !

– Ouais…

– Si c'est ça, Snoopy a pu s'perdre en chemin. Faudrait demander à tous les commerçants s'ils l'ont pas vu.

Il berce son copain d'illusions auxquelles lui-même ne croit pas. Un chien, ça ne se perd pas. Ça retrouve toujours le chemin de sa maison. À moins qu'il n'ait été volé ! On les revend cher aux labos…

– Maman y est déjà passée.

– Mais pas jusqu'à l'école ?

– Non.

– Alors, faut le tenter. C'est une piste.

Une piste, mot magique qui, quelques minutes, arrache Cyril à son désespoir.

Et puis, raisonnable :

– Pourquoi ça lui aurait pris d'un seul coup, après trois ans, de venir me rejoindre ? Surtout qu'il lui fallait passer à travers les barreaux du portail.

Ou alors… de nouveau cette certitude qu'on lui ment.

– Si papa avait été là, j'dirais que c'est lui qui a ouvert la porte. Y peut pas blairer mon chien !

Frôlant la vérité au plus proche et ne s'arrêtant pas au « stop ».

Une école calme, cette école privée. Les chahuts y sont rares, les élèves, fils de cadres ou de petits commerçants, à peu près « bien élevés ». Pourtant, aujourd'hui, l'atmosphère est chargée d'électricité. Les revendications, les meetings et les grèves entrecoupés d'attentats et de quelques guerres, moins intéressantes parce qu'elles se passent au loin, assurent le principal des infos : messe de vingt heures que la famille suit religieusement.

Deux mômes, à la récré, se tapent dessus avec une énergie telle que la cour a vite fait de se transformer en champ de bataille où deux camps s'affrontent. L'un pour… – pour qui ? – les premiers pour leur copain, mais ensuite… d'autres copains venus en aide à leurs copains en difficulté. Et autant pour l'autre camp.

Paul et Cyril se retrouvent, chacun dans un parti adverse. S'arrêtent net en se reconnaissant et, ne sachant plus que faire de leurs poings qui allaient s'abattre, les font tomber ensemble sur un troisème qui ne sait, pas plus qu'eux-mêmes, pour qui et pour quoi il se bat.

C'est le directeur qui intervient, de la fenêtre – prudent – de son bureau :

– Si vous n'arrêtez pas immédiatement j'appelle la police et je vous fais embarquer. Vos parents iront vous chercher au poste, ce soir.

Cela arrive couramment – paraît-il – à l'école publique. Mais dans une école « privée » !

En pensant au scandale familial les moins de douze ans arrêtent. Pour l'honneur quelques « grands » échangent encore de vagues horions. Des sifflets partent, timides, en direction de la fenêtre directoriale.

Les mouchoirs étanchent un sang glorieux. Des bleus se forment sur un œil, un nez… Pas de dent ni de pied cassés. Des dommages réparables.

Le temps d'une bagarre Cyril a-t-il oublié Snoopy ? ou a-t-il, sans le réaliser, passé sa rogne rentrée sur ses camarades ?

– Pour une bagarre, c'était une belle bagarre. Il y avait longtemps…

– J'en avais jamais vu à l'école !

– Oui… mais celle où j'étais avant, pourtant on était des petits… eh bien, on s'en privait pas.

C'était même pour cette raison que le père de Paul l'en avait retiré : « Je n'ai pas de quoi te payer un blouson neuf tous les jours – avait-il décrété – et tu n'as pas de mère pour te les raccommoder. »

– Mais pourquoi, dit Cyril, on s'est battu ?

– Parce qu'on a pris parti pour l'un ou l'autre des deux qui s'cassaient la gueule au début, tiens donc !

Explication vaseuse qui amène une autre question :

– Mais les deux premiers, pourquoi y se bagarraient ?

– Alors ça, mon pote, dit honnêtement Paul, j'en sais rien. Et puis quelle importance ?

– C'est pourtant simple – dit un « grand » qui prend le même chemin qu'eux – l'un a son père qui est poissonnier à Paris et l'autre a son oncle qui est marin-pêcheur en Bretagne. Vous ne regardez donc pas la télé, les mômes !

Se faire traiter de môme !

– Deux ans de plus que nous au max ; l'est fou, le gars !

De quoi déclencher une nouvelle guerre si le « grand » ne s'était escamoté, à temps, dans un immeuble. Non sans avoir auparavant – pirouette – pied de nez – fait rebondir dans sa main, une balle… de calibre 7,65.

– Si j'pouvais me battre avec celui qui m'a pris mon chien ! dit Cyril qui, humainement, revient à ses ennuis personnels. Parce que tu sais c'que j'pense : il a fallu l'enfermer pour qu'il ne revienne pas.

Quelque chose le tourmente. Un bout de phrase perdu qu'il essaie, en vain, de retrouver dans le puzzle de sa mémoire.

XII

Fidèle, Paul vient, le matin, chercher Cyril et revient avec lui, le soir, jusqu'au pavillon.

Pour que son pote oublie, quelque temps son malheur, il lui parle de tout, en vrac : télé, école, foot. Même...

– Le paternel a acheté l'album érotique de Madonna ! Il a pas voulu me le montrer « c'est pas de ton âge ». Tu parles ! Dès qu'il est parti... j'avais bien visé où il l'avait mis ! Il est brave mon Vieux, mais il a pas d'idée !

Ils se dirigent, du même pas, vers l'école. Cyril, silencieux.

– C'est méga, torride ! J'te le montrerai bien, mais faudrait que tu montes chez nous...

Une invitation au conditionnel. Paul n'insiste pas. Il l'ignore mais aurait honte que son copain voie l'appartement : « leur » appartement au fils et au père. Une femme de ménage vient bien, une fois par semaine, mais passe plus de temps à râler contre les bonshommes qu'à faire ce pour quoi elle est payée et qui lui donne son titre. Chez Cyril, avec sa mère, ce doit être nickel. Il ricane ; un embarras qu'il dissimule sous la moquerie :

– T'en apprendrais des choses !

Cyril hausse les épaules. Il n'est plus le môme de neuf ans qui se posait des questions. Ce qu'il était bête à cet âge-là !

– La Madonna, elle a des gros lolos ! Mais ça, on les reluque au cinéma. Elle les montre autant qu'elle peut, dans ses films. Tu les as vus ?

Cyril a rougi, sans répondre, à grololos. Ce n'est pas les seins de la Madonna qu'il évoque, mais ceux de sa mère. Il les a vus quand elle nourrissait Éric.

Télépathie :

– Ton frangin…

Il s'arrête. Peut-il rapporter à Cyril ce que son père lui a dit hier ?

*

* *

Le père de Paul avait bougonné en rentrant :

– La télé ne gueule pas à tout berzingue… qu'est-ce qui arrive ? Tu n'es pas malade ?

La télé qui remplace père et mère. Grâce à elle les enfants ne se sentent pas seuls : il y a toujours quelqu'un pour les accueillir.

Tourné vers l'auteur de ses jours – au choix : papa (rarissime) le Paternel, et, le plus tendre, le Vieux – :

– Cyril n'a pas retrouvé Snoopy… trois jours qu'il a filé !

Avec son père, on peut parler chien ; il comprend.

– Moche. Tu m'as pas dit que son frangin pouvait pas le blairer, ton pote ?

C'est le contraire. Mais Paul n'avait pas trouvé utile de rectifier. Qu'est-ce que le chiard avait à voir là-dedans ?

– Les mômes de trois ans, on n'y fait pas attention, mais ça remarque tout. Bien plus qu'on ne le croit. Il sait peut-être quelque chose, le mouflet. À cet âge-là, ils se mettent facilement à table. Vous n'avez qu'à le prendre à part et lui donner à choisir entre une castagne et un bonbon. Je serais étonné si vous n'en tiriez pas quelque chose.

*
* *

Sagement, Paul décide qu'il vaut mieux ne pas mêler Éric à la disparition de Snoopy. C'est déjà assez embrouillé comme ça.

Mais Cyril s'est arrêté. Il prend son copain par l'épaule, les yeux brillants de sa découverte :

– Ça y est : j'ai retrouvé la phrase que je cherchais.

Éric a dit : « Maman était pas là quand Snoopy s'est sauvé… »

Paul ne l'a pas écouté. Il parle du prof :

– S'il déchire ma compo, comme il l'a déjà fait, à moi la raclée… mais, à lui, les pneus crevés !

XIII

Nuit d'amour… nuit qui mal-rime avec toujours. Mais, ce soir, René est le tendre amant des premiers jours.

Ballade pour américain-téléfilm.

– Pourquoi tu t'inquiètes comme ça ? Tout va se tasser. Bon, Cyril est triste, mais pas pour longtemps… Éric, à son âge, il a sûrement oublié. Demain, j'irai lui acheter un nounours. Si tu vas rechercher ce cabot – d'ailleurs, il doit déjà être replacé – tout sera à reprendre du début. D'accord, c'était un gentil chien, mais je t'ai toujours dit que je ne voulais pas de bête à la maison.

Il l'embrasse dans le cou, derrière l'oreille où ça la fait frisonner toute.

– Peu à peu, Cyril va en prendre son parti, lui aussi. Quand ta mère rentrera… qu'est-ce qui lui a pris d'aller en Thaïlande ? Elle n'aurait pas pu… je ne sais pas moi… aller à Cannes. Même en Corse ! Mais en Asie ? Bon, qu'est-ce que je disais… ah oui, Cyril adore ta mère. Elle saura le consoler.

Sa femme s'est un peu écartée de lui :

– Il vaut mieux ne pas dire la vérité à maman.

René est sincèrement étonné.

– Pourquoi ? Elle est compréhensive et a du bon sens.

– Justement.

Demain devient un lointain où n'atteindra jamais Chantal.

Éric est déçu par maman. Elle avait promis : demain… tous les jours c'est « demain ». Et Snoopy ne revient pas. Il y a longtemps de cela, au moins un an, il était tout petit encore, Éric avait eu un instant de grand bonheur : dans un moment de générosité Cyril lui avait donné la patte blanche du Tibétain. Quand Snoopy venait près de lui, Éric prenait cette patte dans sa main. Le chien la lui laissait, sans bouger. Il savait que Cyril me l'avait donnée.

Il aime bien son grand frère. Avec hésitation : des fois il est gentil comme ce jour-là, ou quand il lui fait un château de cartes, d'autres, il ne l'est pas. Une fois… mais c'est un souvenir qui fait peur, si peur qu'il ne faut plus y penser. Depuis que Snoopy a disparu il envoie promener Éric quand celui-ci veut le consoler. C'est parce qu'il a de la peine… Mais moi aussi j'ai de la peine. On pourrait pleurer ensemble ! Pourquoi Cyril est méchant… il croit que c'est moi qui ai perdu Snoopy ? C'est pas moi. C'est maman. Mais je lui ai promis de rien dire.

Chantal s'est tournée – détournée de René ? – pour dormir. Pourquoi n'est-elle pas restée dans ses bras. Pourquoi…

Pourquoi de fatigue, de crainte, de tristesse, d'incompréhension, auxquels ne répondent que l'ignorance, la dissimulation, la lâcheté, le désespoir, jamais le Vrai. La vie est lézardée par ces pourquoi qui insensiblement la craquèlent, puis la démolissent. Enfin l'abattent.

Elle lui en veut encore pour ce chien de malheur… alors qu'ils venaient de faire l'amour !

Honnêtement, René cherche en lui. Il n'a pas de remords. Remords de quoi ? Il a fait ce qu'il pouvait pour le bien de tous. C'est un ménage heureux que le leur. Cyril et Éric s'entendent maintenant. Ils se chamaillent parfois, mais entre frères… avec les siens c'était pareil ! Le chien, on l'avait pris pour ça. Uniquement. Sa femme était d'accord. Alors ? Il a suffisamment pensé aux autres, il a quand même bien le droit de penser aussi à lui !

Pourquoi Éric a dit : « Maman était pas là ? » C'était bien ça la phrase que je cherchais... Sur le moment je n'y avais pas fait attention, je ne pensais qu'à Snoopy. C'est après qu'elle m'est revenue. Il faut que j'en parle à Paul. Il me racontait son histoire avec le prof quand je l'ai dit et il m'a pas écouté.

Éric, il m'a pris maman. Et il voulait aussi Snoopy. Comme si maman ça lui suffisait pas ! Quand je rentrais de classe c'était pour l'entendre : « Snoopy ne s'est pas ennuyé : on a joué toute la journée ensemble. » C'est pas son chien, c'est le mien.

Un sale chiard qui me vole tout ! Je suis sûr que c'est de sa faute si mon chien a fichu le champ ! Et bien sûr, si je dis quelque chose, maman prendra tout de suite la défense de « son bébé » ! Je pourrais mourir, elle s'en apercevrait même pas.

Cyril se tourne et se retourne dans son lit à la recherche du sommeil et ne trouve que ses pensées. Elles sont comme des ventouses qui se collent partout, des sangsues qu'il n'arrive pas à arracher de lui.

Des pensées rouges qui font mal, qui donnent envie de faire mal. Si seulement il connaissait la vérité. Elle est belle la vérité : blanche comme une morte. Non. Noire. Noire comme un petit chien dans une cage.

Tout à l'heure, j'entendais leur respiration. Si forte. Et puis maman a crié. J'espère qu'elle prend la pilule, sinon on va à grands pas vers la famille nombreuse !

Quand j'étais petit et que je l'entendais crier comme ça, je croyais que papa lui faisait mal. Depuis quinze ans… plus ! qu'ils sont mariés… c'est dégoûtant qu'ils fassent encore l'amour… à leur âge ! Je suis sûr que maman n'aime pas. C'est papa qui exige. Je n'aime pas papa. Je ne l'ai jamais aimé. Paul blague son père, mais il l'aime bien. Jamais il ne parle de sa mère. Il a de la chance de n'avoir pas de mère ! Au moins il n'est pas malheureux.

Où est Snoopy en ce moment ? Je suis certain qu'il pleure après moi.

Cyril renifle ses larmes.

Il n'a plus rien au monde.

Papa dit « mon fils » en prenant Éric sans ses bras. Il se retrouve en lui. Tous deux, le père et le fils, ils ne font plus qu'un.

Moi, je suis SEUL.

XIV

– Où vas-tu encore Cyril ? Tu n'as pas école aujourd'hui, c'est samedi.

Ce samedi accordé aux enfants pour que leurs parents puissent se reposer du travail de la semaine. En famille, à la campagne, a vu le législateur. L'ennui c'est qu'il n'a pas tenu compte du simple fait que le lundi est pour certains adultes le jour de fin de semaine ; le père de Paul, – pompe oblige, justement avec le week-end, – et celui de Cyril – sans autre raison que celle du patron – sont de ceux-là.

– Où veux-tu que j'aille ? À la recherche de Snoopy !

– Tu l'as déjà recherché tout mercredi...

– Et alors ! je peux recommencer.

La voix est agressive, violente. Une voix que ne connaît pas Chantal.

La plus grande rébellion de Cyril... jusqu'à présent : se retirer dans sa chambre et s'y enfermer. « Il est buté comme son père. » Mais les paroles de l'enfant ne sont jamais celles de la colère ; ses gestes restent mesurés.

Cette nouvelle voix fait peur à Éric. Inquiète Chantal.

Je n'aime pas ce garçon, son copain. Il a une mauvaise influence sur lui. Maintenant il vient tous les matins ; je le vois devant la porte qui l'attend. Pourquoi n'entre-t-il pas ? Un enfant devrait sonner, entrer, dire « bonjour madame, je viens chercher Cyril. Nous allons ensemble à l'école. »

Rêve de mère. Depuis quand les enfants ne disent-ils plus poliment « bonjour madame », ni « s'il vous plaît » ?

Non, elle n'aime pas ce Paul, malgré son visage ouvert. Son blouson, de bonne qualité pourtant, est toujours de travers et ses chaussures sales, jamais nettoyées sûrement ! Et sa casquette qu'il porte à l'envers, la visière sur le cou… c'est la nouvelle mode. Celle des voyous !

Un jour de confidence – cela remonte loin – Cyril lui a dit que les parents de ce Paul étaient divorcés, qu'il vivait avec son père. Elle en a eu un peu pitié. Ce n'est pas une raison pour que Cyril en fasse son meilleur ami.

Depuis que les enfants ont oublié les formules usuelles de la politesse, les adultes, professeurs comme parents, ne les tiennent plus en main.

Vaguement, elle se sent coupable… de quoi ? C'est comme ça partout.

Mais elle trouve l'excuse hypocrite qui voile la vérité et la déculpabilise : René ne sait pas s'y prendre avec Cyril. C'est un tendre, mon grand ! Ce n'est pas en tempêtant qu'on le forcera à obéir. Bien sûr René est fatigué le soir quand il rentre, ça le rend nerveux… comment expliquer cela à un enfant ? Et l'histoire de Snoopy n'a rien arrangé !

Elle ne pense surtout pas que la venue d'Éric avait tout dérangé. Cela, c'est le passé qu'on jette dans le puits aux oublis.

Sans y croire, elle dit :

– Tu pourrais rester à la maison jouer avec Éric. Il est triste, tu sais, depuis que Snoopy n'est…

Et réalise sa gaffe devant le regard qu'elle ne reconnaît plus. Chargé, non pas de tristesse, ce serait normal ; ni même de reproches – lesquels, puisqu'il ne sait pas ? – mais d'une fureur contenue à peine.

Comme il a grandi, ces derniers temps ! Elle s'en aperçoit subitement. C'est pour cela qu'elle a l'impression d'avoir, devant elle, ce garçon inconnu.

– Le chiard… c'est de sa faute tout ça… et tu voudrais que je le console en plus !

Le… qu'est-ce qu'il a dit ? Un mot grossier qu'elle ne connaît pas… et il désignait Éric qui pleure et se révolte :

– Ce n'est pas moi. C'est pas ma faute, c'est ma…

Cyril n'a pas entendu le dénonciateur. Il était sorti.

Et, brusquement, Chantal a peur. Elle ne sait pas de quoi. De quelque chose qu'elle ignore, qui l'angoisse. Elle ouvre la porte, rattrape son aîné dans le jardin, affermit sa voix :

– Cyril !

Il s'est retourné. L'espace de quelques secondes, elle le reconnaît : l'enfant doux qui disait « ma maman à moi ».

Et c'est la tendre voix de maman qui quémande :

– Où vas-tu aller, mon petit ? Mercredi, tu as fait tous les commerçants du quartier et tu as mis des petites affiches partout.

Une idée de Paul. Ensemble ils en avaient élaboré le texte que, toute la soirée, Cyril avait recopié sur des feuilles arrachées d'un cahier. Le lendemain, munis d'un rouleau de scotch, ils étaient allés les placarder sur les arbres, et les lampadaires. Certains commerçants, ceux où va Chantal, les avaient mises bien en vue dans leur magasin. Le texte, Cyril se le répète : « Perdu chien du Tibet, noir, patte droite et poitrail blancs. Répond au nom de Snoopy. » Ajouté : « récompense ». Les cinquante francs de sa tirelire ! Mais Paul lui avait dit qu'il en faucherait à son père. Son père à lui, Cyril en était certain, ne donnerait pas un sou, il est bien trop content d'être débarrassé de mon chien. Il n'a pas jamais pu le piffrer.

Maman ! Il a envie de se jeter dans ses bras comme autrefois pour se faire consoler. Se retient, dit :

– J'ai pensé que si quelqu'un l'avait trouvé, il l'aurait peut-être mené à la S.P.A. Paul va garder la pompe et son père m'emmener à Gennevilliers, en voiture.

Il y a comme une supplication dans sa voix, un espoir.

– C'est une bonne idée, m'man ?

*

* *

– Qu'est-ce que c'est cette histoire ? a dit le père de Paul. C'est toi qui as inventé ça ? Tourné vers son fils, il fulmine, furieux : sans même me demander si j'étais d'accord ! et tu t'imagines que je vais te confier le poste d'essence ? À ton âge… et un samedi par-dessus le marché ! Tu en fais un peu trop à ta tête, Paul.

Il continue, en allant vers une voiture.

– Non, mais vous vous prenez pour quoi… le plein ?… les gamins ? Tiens, si tu veux te rendre utile pour une fois, fais donc les glaces pendant que je sers le camion… ce n'est pas parce que je n'ai pas le temps de m'occuper de toi… voilà, voilà, j'arrive, pas la peine de klaxonner.

Cyril regarde Paul qui hausse les épaules.

– J'ai cru bien faire. J'étais sûr qu'il accepterait !

– Pourquoi tu m'as pas dit la vérité ?

– J'pensais que si tu arrivais en y croyant, il n'oserait pas te refuser.

L'enfer, on le sait, est pavé de bonnes intentions qui vous envoient au feu éternel.

La voix du père arrive jusqu'à eux, tonnante. Ordre auquel il est impossible de se soustraire :

– Et puisque tu étais prêt à me remplacer, tu vas rester ici et m'aider. Pour une fois, ça ne te fera pas de mal de travailler un peu.

Regarde Cyril : visage penaud, déconcerté. Il n'y est pour rien le môme. C'est son salaud de fils qui a monté cette histoire. Prend ses désirs pour des réalités ! Je n'ai pas encore l'âge de lui obéir.

– Je ne t'en veux pas Cyril, c'est celui-là…

Regard furieux sur Paul qui prend l'attitude la plus dégagée possible : il a l'air de quoi devant Cyril ? Son père est furax, d'ac... mais lui est tout aussi furax contre son père. Il l'a traité, et devant son copain, comme... comme un gamin ! Mais se tait. Une règle qu'il respecte en fils de commerçant : on ne s'engueule pas devant les clients.

Il est contrarié, le pompiste. Coup d'œil à son berger allemand qui se gratte une puce inexistante. Un chien, on s'y attache. Et un enfant plus que n'importe qui. La désillusion met des larmes dans les yeux de celui-ci. La S.P.A., le dernier recours et...

– Écoute petit, tu vas entrer dans le bureau et appeler la S.P.A. Ils pourront déjà te renseigner. – Il a un geste vers la file de voitures – tu vois... ce n'est pas de la mauvaise volonté.

Une excuse de brave homme ennuyé du chagrin d'un gosse.

*
* *

La S.P.A. évidemment ! J'aurais dû y penser... Snoopy, Cyril va le retrouver. On va lui dire que c'est moi.

Un affolement d'angoisse. Son fils ne lui pardonnera pas. Déjà Éric...

Une image nette : un instant photographié par sa mémoire : Cyril à la maternité, regardant le nouveau-né. La regardant. Comme si, en fouillant dans un tiroir, elle venait de retrouver cette vieille photo.

Depuis trois ans, elle ne l'avait pas vue, mais elle était toujours là. Scène immobilisée dans ce bref instant du flash : Cyril penché vers le bébé. Il dit : « Il est laid. » Et son regard de répulsion et de reproche et de colère. Il a tout de suite détesté Éric, ensuite quand il a eu Snoopy, il est redevenu… presque, comme avant.

Snoopy, elle n'aurait pas dû… mais c'est René qui a exigé – la faute que l'on rejette toujours sur l'autre pour s'en débarrasser – il est tellement optimiste ! Avec lui tout s'arrange toujours. La preuve !

Elle prie, elle ne sait quel dieu, quel saint, quelle vierge, pour que le chien ait déjà été adopté. René… sa fureur en le revoyant ! Et Cyril…

Elle tremble sans s'en rendre compte. Son mari… son fils… Chantal ne sait pas la colère duquel elle appréhende.

Referme le tiroir de la mémoire. Ne plus jamais revoir cette photo ! Cyril aura-t-il ce même regard de déception, de méchanceté quand il va rentrer ? « Maman, tu as fait ça ! » Jamais plus il ne croira en elle.

De menues besognes ménagères la raccrochent à sa vie.

Éric regarde un livre d'images. Celui de Cyril quand il avait trois ans. Comme il est calme depuis que Snoopy est « parti ». Le regret du chahut qu'ils faisaient tous les deux… à en être fatiguée ! Et tellement, elle voudrait entendre les jappements du chien, les cris joyeux d'Éric. Il a vu, tout à l'heure, la colère de son frère. Quand elle est rentrée, il pleurait : « Cyril dit c'est ma faute si Snoopy est perdu. Y m'aime pas. Y me déteste. »

Et ce reproche : « C'est ta faute à toi m'man. T'aurais pas dû perdre Snoopy. »

Autre photo. À venir : ce soir. La mémoire du futur aussi angoissante, plus, que celle du passé.

Un bol dans une main, un torchon dans l'autre, Chantal a une énorme envie de pleurer. Une envie d'enfant qui a un gros chagrin et ne sait sur qui s'en décharger. Elle a voulu embrasser Éric. Il l'a repoussée : « Laisse-moi. T'es méchante. »

René, Cyril, même Éric…

Elle glisse, somnolente de tristesse, dans ce berceau du non-être où elle voudrait pouvoir se retrouver, loin de la vie et de ses mesquins soucis.

XV

– T'as pas Snoopy ?

La voix déçue d'Éric qui attendait derrière la porte. Attend le petit chien que, sûrement, Cyril a retrouvé à la S.P.A.

– Qu'est-ce que ça peut t'faire ? C'est pas ton chien.

Chantal assure sa voix. Cyril est, heureusement, rentré avant son père. Heureusement – double soulagement – sans Snoopy. Mais qu'a-t-on pu lui dire à Gennevilliers ? Qu'il a été adopté par quelqu'un ! pour elle un remords qui s'efface. Mais, aussi, qu'ils l'ont eu... que c'est moi... ils m'auront décrite. Le battement sourd des mots à venir : « Maman, c'est toi qui l'y as amené... ils l'ont eu, c'est toi qui... maman ! »

– Alors ? Tu es allé à la S.P.A. Que t'ont-ils dit ?

La voix maternelle défaille sur les derniers mots.

– N'ont rien voulu savoir.

Cyril ne ment pas. Omet seulement de dire que tout s'est passé par téléphone.

Des mots qui bourdonnent dans son oreille, répétitifs :

– *Donnez-moi le numéro de tatouage du chien.*

– *Il n'est pas tatoué.*

Son père avait crié quand maman lui avait dit que le vétérinaire... « Tout ça, c'est pour faire casquer le client... combien demande-t-il ? Deux cent cinquante francs ! Et puis quoi encore... pas question ! »

– *Alors, sans numéro de tatouage, comment voulez-vous que je vous dise quoi que ce soit par téléphone. Nous avons des centaines de chiens ici.*

– *Mais lui, c'est un terrier du Tibet. Il est tout noir avec...*

– *Je ne peux rien vous dire. Il faut que vous veniez ici. Vous regarderez dans les cages si...*

– *Je viens tout de suite... À quelle station je descends ?*

– *Mais vous... tu es un enfant ? Quel âge as-tu ?*

– *Onze ans.*

– *Alors, il faut que ton père ou ta mère t'accompagne. Parce que, même si ton chien est là, je ne pourrai pas te le donner.*

– *Mais c'est « mon » chien !*

– *Eh oui, bonhomme, mais il fallait le faire tatouer. Sans numéro, pour nous, c'est un chien perdu. Pour le reprendre on doit signer un contrat d'adoption et seul un adulte... il faut être majeur !*

Cyril avait raccroché sur la voix compréhensive mais inflexible : *« Demande à ta maman de venir avec toi. »*

Tellement nerveuse est Chantal que ses mains désemparées s'accrochent à tout... se promènent, détachées d'elle, dans ses cheveux, sur son chemisier, et pétrissent un Kleenex qu'elles roulent en boule.

Cyril regarde sa mère. Elle ne peut pas lui refuser...

– … d'y aller avec toi ? Mais pourquoi ?

– J'te l'ai expliqué.

Il était sûr – il s'en aperçoit – qu'elle refuserait.

René qui vient d'entrer, derrière Cyril agite un doigt qu'il balance de droite à gauche.

Le doigt, comme un balancier négatif : non… non… non…

Le regard, implorant d'Éric, morne de Cyril, et le doigt qui dit Non.

Transiger. Faire plaisir à tous ; en obéissant à son Mari.

– C'est d'accord, mon petit chéri…

Le balancier oscille, faisant courir les secondes l'une après l'autre. Inflexible.

– Mais demain c'est impossible.

« Maman dit toujours demain. »

René prend la décision que lui impose, dans cette pièce familiale, son rôle principal.

– Je leur téléphonerai.

Cyril a sursauté, qui n'avait pas vu son père, revêche :

– Ils te diront la même chose qu'à moi.

– Je suis un homme, mon petit. Pas un enfant.

Un argument péremptoire.

Il a la bonne certitude avec ce mensonge, qu'il a accompli son devoir paternel. Si ce n'était pour Chantal…

– Regarde.

Paul sort de sa poche un long canif rouge, en fait jaillir la multiplicité.

– Le tournevis, l'ouvre-boîtes, la lime à ongles, un jeu de lames, un poinçon, ciseaux, tire-bouchon…

Attend l'exclamation de Cyril pour, dans un dernier geste d'une désinvolture de bretteur :

– La grande lame !

– Où l'as-tu trouvé ?

– Dans la poche du paternel, tiens ! Il en a cent mille. Y s'apercevra même pas.

Cyril avance une main hésitante. Ce n'est pas son père qui...

– Tu m'le prêtes ?

C'est au tour de Paul de marquer une hésitation. Puis magnanime :

– J'te le donne, mec !

Les paupières de Cyril palpitent ; le dormeur qui revient à la réalité :

– C'est pas vrai...

– Si.

Ça ne remplace pas Snoopy. Mais c'est le geste de l'amitié virile.

Il considère ce cadeau ; pèse sa munificence. Sort la grande lame, passe le pouce sur son fil.

– Vachement bath !

Son admiratif remerciement.

La main dans sa poche palpe le couteau pendant que son père lui conte la S.P.A., écoutée dans le téléphone. Comme si, du bureau, papa allait téléphoner à la S.P.A. ! Me prend pour un con !

Résultant de cet imaginaire que Snoopy n'est pas, n'est jamais allé à Gennevilliers.

Chantal dédie à son mari un tendre sourire : il est quand même gentil ! Ce n'est pas son genre de raconter une histoire !

Le père de Paul a ramené une pizza, un calendo fait à point et une bouteille de bon vin pour un rarissime dîner familial à deux, le père et le fils, devant la télé.

Les infos : meetings... Jeunes... Sans emploi ou avec emploi... Procès qui remonte à l'an 44... Sourire du présentateur pour annoncer les catastrophes... Casseurs qui cassent pour justifier leur nom... Ministre qui explique benoîtement les raisons pour lesquelles ça ne va pas aussi bien... quoique ça n'aille pas si mal.

Sur fond grommelé du paternel : « Tout ça, ça n'arrange rien ! »

– Au fait (rien à voir pourtant avec les informations) j'ai perdu mon canif. Tu ne l'aurais pas vu ?

Réponse filiale, marmonnée. Paul attend avec impatience ce pour quoi il est devant le petit écran.

– Viens ici.

Aussi obéissant qu'un enfant de chœur, Paul obtempère, tête tournée vers la télé.

– Retourne tes poches.

Un chewing-gum mâchouillé, une pièce de dix centimes, un bout de papier, un ticket de métro, des miettes de croissant... inventaire décevant sans surréalisme ni couteau.

– J'étais pourtant sûr que tu me l'avais fauché ; au temps pour moi.

Paul, regard candide, mais outré, de l'enfant accusé à tort, regagne vivement sa chaise : le film commence...

Gangsters en pagaille et dollars donc ! Par milliards ils volent à tous vents mauvais. Impasses sombres où le combat est sans cesse et sans merci. Les coups de poing (américains) succèdent aux coups de revolver.

Vie dorée avec de l'argent en masse, et des yachts de roi, ou de gangster. Salles de jeux où s'accumulent les jetons d'or, sous le regard impavide des seigneurs de la jungle. Fric-vertu. Poulets-ripoux. Bureaux sublimes en verre, dominant, normalement, la cité que contrôle le parrain. Les maisons flambent, les usines dégringolent, les voitures s'enchevêtrent dans la stridence des sirènes et des pneus mitraillés. Bruitage des bazookas, et les bombes sèment la merde chez les policiers.

Schwarzenegger peut aller se racheter un Magnum.

– Quelle connerie ! – bâillement sonore – je vais me coucher.

– J'reste jusqu'à la fin, p'pa ?

– Si ça t'amuse...

Si ça l'amuse ! Paul tire sur l'ennemi, envoie le feu grégeois modèle 2000 sur les gratte-ciel, disperse les diams d'une main gangstéreuse sur le sein (sans intérêt) d'une péripatéticienne de luxe.

Si ça l'amuse... il vit, oui !

L'irréalité d'un réel qu'il transcende en futur.

Dans la rue, les infos continuent en trois dimensions. Les étudiants consument leur colère au feu des voitures qu'ils ont incendiées. Les boutiquiers font le compte des dégâts d'une journée parmi d'autres. Les policiers tabassent les étudiants dont certains deviendront des policiers qui tabasseront d'autres étudiants, ou des boutiquiers qui calculeront le coût des vitres brisées et des marchandises détériorées.

Violente aussi est la vie au quotidien des rues.

Une violence que les années font grossir de plus en plus vite.

XVI

– Tu m'as pas écouté : « Maman était pas là... » qu'a dit Éric. C'était le soir où Snoopy a disparu. J'en suis certain. Alors si maman n'était pas là...

– Ton frangin, il était seul avec le chien, tiens !

Reviennent à Paul les paroles de son père : *Les mômes de trois ans, ça remarque tout !*

– Sûr qu'il sait quelque chose. Peut-être ta mère avait pas fermé à clé...

Des images de films lui sautent à la mémoire :

– Un vagabond est rentré. Il a pris le klebs, et le môme n'ose rien dire parce qu'il l'a menacé.

Cyril le toise. Que son pote dise de pareilles conneries...

– Il aurait pris autre chose qu'un chien !

– Peut-être pas. S'il a cru que quelqu'un était dans la maison. Il vaut cher Snoopy, le véto te l'a dit... ou p't'être que c'était un homme qu'avait envie d'avoir un cabot.

– C'est du ciné qu'tu te fais. Mais que le chiard il sait quelque chose. Ça oui !

– Tu lui as pas demandé ?

– Y a tout le temps papa ou maman… comme s'ils voulaient pas qu'on soit seuls tous les deux.

Le mouflet, vous n'avez qu'à le prendre à part et lui donner à choisir entre une castagne et un bonbon.

– Et tu peux pas l'emmener avec toi… histoire d'aller le promener.

– Ça m'est jamais arrivé ! Alors ils comprendraient pas. Et m'man, son lardon, c'est la prunelle de ses yeux ! Des fois que j'lui perdrais…

Il fronce les sourcils sur une pensée fugace « comme elle a perdu Snoopy… »

– Faut trouver une astuce. J'suis certain que ton frangin…

Dans la poche de Cyril le canif rouge. Un porte-bonheur qu'il touche superstitieusement.

Paul pense – souvenirs du film de la veille – aux hommes sans visage, et un autre ligoté par terre. Et l'un des hommes dit : « Si tu ne veux pas parler, on va être obligé de te chatouiller un peu. »

Pensée-image qui s'autodétruit. Et Paul :

– Seul avec nous, il parlerait, le mouflet. On l'y obligerait.

Un jeu. L'enjeu : le petit chien.

Paul est passionné par le jeu. Cyril par l'enjeu. Tous deux sont d'accord sur le scénario :

Première partie : Éric sait sûrement quelque chose qu'il ne veut – ou ne peut – pas dire. Le tout c'est de faire de lui l'indic. Ensuite il ne restera plus qu'à agir.

Un vrai scénario dont ils mettent au point la première partie. Ils établiront la seconde en fonction de ce qu'Éric leur apprendra.

Paul est muni d'un calepin et d'un Bic : les accessoires d'un organisateur. Tout préparer. Comme pour un coup. De la préparation dépend la réussite.

Le môme n'est jamais seul ? Affirmatif. Y a-t-il un endroit où on peut l'avoir par surprise, sans père ni mère ? Oui, garantit Cyril après surveillance familiale, au supermarket.

Sur son carnet, Paul marque « la mère » (il ne s'agit pas ici de la mère de Cyril, mais d'une entité : mère, gardien, vigile, peu importe, celle dont on doit occulter la surveillance). Heures de sortie ?... de retour ? Endroit exact ?... une distraction peut-elle faire oublier à l'entité ce qu'elle est chargée de garder ? Affirmatif encore : quand elle choisit la viande.

Résumons :

– Ta mère va tous les vendredis, après déjeuner, au super ?

– Exact.

– Et elle emmène le lardon avec elle ?

– Toujours. Lui, il adore ça. S'agirait pas qu'elle le laisse à la maison, ce s'rait la comédie !

– Tu piges ! Un kidnapping. On prend le gosse. On le fait parler. C'est pas difficile, je prendrai des bonbons (= dollars). Quand il a lâché le morceau, on le garde en otage jusqu'à ce qu'on te rende Snoopy.

Visages radieux. Même Cyril sourit, ne pouvant s'empêcher d'adjoindre le jeu à l'enjeu.

– Le vendredi, t'es sûr ? Elle ne change jamais le jour ?

– Ouais... comme ça, pendant le week-end, elle peut rester peinarde à la maison. Y a tout ce qu'il faut. Elle a pas à courir chez le Tunisien... et puis, dis donc, la différence de prix...

Sec claquement de langue ; signe d'énervement chez le chef. Ces incidences oiseuses l'exaspèrent. Le rapport doit être net, clair, sans fadaises dont on n'aura rien à faire quand il faudra agir.

Superintendant ou patron de gang, pareil au même : ce sont des exactitudes qu'ils exigent ; pas des à-peu-près.

Il questionne, dur et sérieux, derrière son bureau... autour de lui, les transparentes parois du building de verre qui surplombe la cité.

– L'heure ?

– Ben... j'sais pas, vers trois heures, quand le chiard a fini sa sieste. – rectification – Trois heures et demie, le super ouvre pas avant.

– À quel rayon, elle va directo ?

– Comment veux-tu que j'le sache ?

Est-ce là, la réponse d'un lieutenant ! Paul s'énerve de ce non-conformisme aux règles exactes du hold-up.

– Il faut bien qu'on le sache pour tout préparer. Faut y être en même temps qu'elle, mais pas s'faire voir. C'est ça, l'important : tout minuter. À une seconde près, on s'fait choper !

– De toute façon, Éric, il court partout. C'est même pour ça que maman a changé ; elle va dans un super plus petit. L'autre c'est trop grand. Elle panique ! Au début, elle allait au Leclerc, vu les prix, et puis il y a de tout... elle m'asseyait sur le caddie ; c'était marrant. Je regardais défiler les gens dans les allées, des blacks, des blancs, des asiats, des hommes, mais surtout des femmes, c'est elles qui vont faire le marché, et puis après, quand j'ai été plus âgé, je marchais à côté d'elle en tenant le caddie pour ne pas la perdre...

Le regard du Chef rend Cyril à la réalité.

– Y s'agit pas de toi, mec, mais de ton frangin.

Il bafouille, rougit de s'être laissé surprendre en délit de souvenirs.

– C'était pour t'expliquer comment ça se passe. Mais avec Éric, c'est pas pareil, il file tout de suite. Maman fait même plus attention. Elle est sûre qu'elle le r'trouvera aux jouets. Y a que ça qui l'intéresse.

Probable faisant loi, il faudra bien s'en accommoder.

– Tu as repéré par où on peut sortir avec le môme, sans se faire voir ?

– Ça, c'est pas difficile. Y a une porte marquée « privé », c'est pour les livraisons. Elle est jamais fermée à clé. J'ai essayé. Y a qu'à la pousser.

Quelque chose tourmente plus Cyril :

– Comment on va faire pour l'école ?

S'occupe-t-on de détails qui n'ont rien à voir dans une opération parfaitement agencée ? Bien que... le détail, en apparence sans intérêt peut être ce qui va faire tout foirer. Et depuis sa fugue – heureusement le maître n'est plus le même qu'il y a trois ans –, sûr que le père de Cyril a demandé qu'à la moindre absence on lui téléphone.

Cela mérite donc réflexion. C'est pour ça qu'il faut un lieutenant ; lui, il pense aux choses trop insignifiantes pour que le grand chef s'y attarde, alors que...

– Pas d'problèmes, j'ferai faire un mot à mon vieux. J'ai qu'à lui dire qu'il y a un match que j'veux pas manquer. Il dira que j'dois aller chez le dentiste.

– Pour toi, d'ac. Ça s'arrange, mais pour moi ?

– J'lui dicterai le mot. Il aime autant. J'lui ferai mettre « mon fils ». Comme ça ni Paul ni Cyril. Et comme il signe illisible... j'te le donnerai. Moi, que j'manque ou pas ! Y connaissent pas l'écriture de ton père à l'école ?

– Non.

– Extra !

La tape amicale et condescendante du chef.

– Tu vas voir...

Avec lui, tout s'arrange toujours. Tout est clean. Rien ne lui résiste. Voilà pourquoi les seconds seront toujours des seconds, jamais des caïds.

Il relit soigneusement les notes qu'il a prises : adresse de la grande surface – Heure (avec un ?) d'arrivée de la mère – Sortie...

Un plan super préparé comme par un dealer. Au lieu de drogue, le paquet qu'on va passer, c'est un môme.

– Eh bien, les enfants, qu'est-ce que vous faites là ? Les autres sont déjà partis depuis un bon quart d'heure.

Les murs de verre, les bureaux d'acier doivent-ils s'écrouler pour faire place aux tables en plastique, aux murs jaunâtres où sont punaisés des dessins d'élèves ?

Non. Digne, froid et tranquille – comme il se doit – Paul jette négligemment son carnet dans son sac à dos : faire disparaître, devant le juge, la pièce à conviction.

– J'expliquais un problème d'arith à Cyril. Il est moins fort que moi. On a pas fait attention à l'heure.

XVII

– Éric, viens, on va au supermarché. Tu aimes bien.

Un « oui », enthousiaste d'habitude, accordé de mauvaise grâce aujourd'hui.

Ça fera bientôt une semaine que Snoopy a disparu.

Et il ne faut pas en parler à papa, ça le met en colère ; ni à Cyril non plus. Ça le met aussi en colère, mais pas de la même façon. Seule, maman, mais elle, elle est triste parce qu'il n'y a plus Snoopy.

Pour la première fois, Éric s'aperçoit que la vie peut être triste. À trois ans, on ne sait pas encore que vie s'écrit MORT.

– Dis maman, Snoopy n'est pas mort ?

Mot incertain qui veut dire qu'on n'est plus là. Jamais plus on ne sera là. Snoopy est « mort » ? Si on ne le retrouve pas ?

« Il est au paradis », a dit un jour maman en parlant de quelqu'un et on ne l'a jamais revu. Tout le monde pleurait. Pourquoi ? Paradis, le mot n'évoque rien pour Éric et il s'en débarrasse très vite au profit de Supermarché.

– Alors ? s'impatiente maman qui n'a pas répondu à la question d'Éric. Pas entendu ?

*
* *

Un jeu mimé. À l'intérieur des yeux de Paul se déroule le film qu'il suit logiquement. Avec ses caches, ses dissimulations, ses péripéties, ses craintes, ses angoisses, ses superbes.

Dans les chantiers désertés, dans les fourrières de voitures éventrées, dans les ruelles de fer tordu des usines abandonnées, dans les talus d'ordures des décharges sur lesquelles les camions-poubelles libèrent, comme des intestins, leurs chargements d'immondices, les ombres se déplacent, hommes-zombies, robotisés pour le crime, le meurtre, la folie. Se déplacent sans sentiment. L'émotion c'est le spectateur qui la ressent, qui l'impressionne. Mais cette impression devenue acte ne l'émeut plus. L'indifférence. Le film impressionné n'est pas responsable de ses images.

Ce sont des images-guides qu'il poursuit dans les allées aux murs de papiers, de boîtes, de cartons, de bouteilles, de containers... murs sans cesse détruits, sans cesse reconstruits. A la main qui prend succède la main qui remet, pour que le mur prodigieux, qui a dégringolé dans les caddies, reste debout, sans faille ni trou, immuable, pareil à lui-même.

Allées conçues par les enchanteurs invisibles, inaccessibles au commun des acheteurs, pour que tout soit à la portée de la main, de la bouche, du regard morne habitué au spectacle prodigieux.

Après tout, y a-t-il tellement de différence entre ces murs conçus pour aboutir, sous forme de déchets, aux décharges, et ces lieux hallucinants, entre l'irréel et le réel, du Superfilm ?

Et les zombies, ici comme là, aux gestes répétitifs, monocordes, réglés par l'habituel : caddie, coffres de voitures, placard ménager, réfrigérateur, ou revolver, drogue, fric...

Remplacer les uns par les autres est facile à Paul, montreur de foire fantastique qui transmute les échafaudages de boîtes de conserve en escaliers qui mènent au vide ; et les rails tordus s'écroulent entre deux chariots qui se heurtent...

Invincible, sans peur ni reproche, il se faufile entre des rayons de conserve convertis en camions éventrés, se dissimule derrière la grosse – maquerelle – femme poussant un chariot empli de grosses victuailles – cachant évidemment des munitions. Rapidement passe de l'alimentation pour bêtes à celle pour humains pressés de se mettre au boulot. Évite habilement le rayon de viande – froide – où doit se trouver la « mère », cherche des yeux le butin (« enfant » pour la circonstance).

Un bon petit garçon faisant les courses familiales pour en décharger sa maman. Il pousse gravement un caddie, y met une bouteille de lait ; profite qu'il n'y ait personne aux produits ménagers pour l'y abandonner.

Cyril le suit, non pas dans son irréalité, mais dans la réalité de ce supermagasin : qu'au détour d'une allée il se jette sur sa mère, que répondra-t-il à sa demande étonnée : « Pourquoi es-tu ici ? Tu devrais être en classe ? »

Tout ça, ces conneries, à cause de ce sale môme qui m'a volé maman. Sans lui... il n'y aurait pas eu Snoopy : bonheur, aujourd'hui tragédie.

Seul. Dans l'univers trop réel de cet hypermarché.

Seul, détaché d'un chef imaginé qu'il suit, non par obéissance – sait-il seulement où mène ce jeu ? – mais...

Il se voit, avec maman, comme si souvent avant qu'elle n'ait un gros ventre dont est sorti ce morpion. Cristallisant sur la disparition du chien, sa détestation de celui qui a pris sa place, à lui, Cyril.

Snoopy qui, peu à peu, disparaît – il est instinctivement persuadé qu'il ne le reverra plus – mais dont la disparition augmente, nourrit, ce chagrin haineux.

Un jour, un vendredi où il était en vacances, sa mère lui avait dit : « Tu gardes ton petit frère. Je ne peux pas l'emmener avec moi. Il est enrhumé. »

Avant, c'était lui que maman emmenait.

Il ne veut pas admettre qu'il n'allait pas encore à l'école et qu'à présent le vendredi est jour de classe. Il sait seulement que c'est Éric qui va avec maman et plus lui.

Sans motif il avait pincé le bébé – il devait avoir pas tout à fait deux ans – si fort, que celui-ci s'était mis à pleurer.

Arrêté devant les boîtes de Friskies, Cyril se souvient intensément de ce moment. Ce jour-là, il a appris pour la première fois ce qu'était la jouissance et son pouvoir. Il a grondé, comme un chat griffu : «Tu te tais ou je t'envoie une baffe », et en même temps, il la lui a envoyée. Comme Éric jérémiadait « maman... maman », il l'a menacé : « Si tu le dis à maman, je te tue. » Phrase conventionnelle sans rapport avec la réalité, que dix fois par jour on emploie entre copains.

Il était si grand, si puissant, si fort que le bébé s'est arrêté de geindre. Jamais il n'a osé se plaindre à maman. Ça, Cyril en est sûr : maman ne s'était doutée de rien. Et lui n'avait plus recommencé. Il avait un peu honte.

C'est quelque temps après qu'il avait donné la patte blanche de Snoopy à Éric.

*

* *

René est en boule : ce nouvel ordinateur que lui a « offert » son patron « avec ça, mon vieux vous allez pouvoir faire des miracles. Je l'espère, pour le prix que je l'ai payé ! »

Il ne pourra pas additionner plus de comptes qu'il n'y en a, mais l'informatique est le hobby du directeur.

Lui, il y mord mal. Du temps de ses vingt ans, il se servait de la machine à calculer de poche, simple et pratique mais qui déjà l'énervait. Sa mémoire, sa rapidité à établir un bilan, à faire un compte, à rechercher un pourcentage, pour lui, valaient mieux que toutes ces choses qui le... dépersonnalisent. Oui, c'est cela :

il ne se sent plus une personne ; il dépend d'une machine.

Le joujou du patron lui remet en tête qu'il a oublié de dire à sa femme, puisqu'elle allait faire ses courses, qu'elle en profite pour acheter le nounours en fausse fourrure qui est censé remplacer le chien en vrais poils. L'ordinateur pour lui. Pour Éric, le jouet automatique qui chante « Frère Jacques... Frère Jacques... » Le chien aboie seulement. Il est moins perfectionné.

*
* *

Éric regarde l'ours rose qui domine les autres jouets. Il a bien entendu quand papa a dit qu'il le lui achèterait pour remplacer Snoopy. C'est bête les grandes personnes ! À la télévision, pour Noël, ils en ont montré un... on aurait presque cru qu'il était vivant. Mais il suffisait de regarder le petit chien qui remuait la queue, qui jappait, de le voir apporter son nonos pour jouer... l'ours il était pas vrai !

De tout façon il préfère « Aladin et la princesse ».

« Où est encore passé cet enfant », murmure en elle-même Chantal, par habitude plus que par inquiétude. Son attention partagée entre un rôti de veau et un gigot. Le rôti, il est élevé aux hormones, tandis que le mouton...

Elle abandonne le comptoir de viandes pour, d'une allée parallèle, apercevoir le rayon des jouets. Sourit et revient à son caddie. Éric est en extase devant un ours rose. Quand elle aura fini ses courses, elle ira le lui acheter. René avait raison.

– Le lardon, il est planté devant les jouets. T'avais pas tort, mec.

Il est fier de l'observation perspicace de son lieutenant.

– Je me suis faufilé jusqu'à la boucherie. Ta mère, elle, c'est devant un gigot qu'elle s'extasie. Sûr que vous l'aurez à déjeuner dimanche.

Cyril est bougon. Il ressasse des idées qui n'ont rien à voir avec la vidéo de son copain. Seul lien commun : Snoopy. Il faut qu'Éric sache quelque chose, sinon, lui, que fait-il ici ? De toute manière, ses parents l'engueuleront et il n'est pas tellement certain que l'idée du chantier soit bonne.

– Quand on l'aura kidnappé, on l'emmène où ? avait demandé la veille le Chef à son lieutenant.

– J'connais un chantier abandonné depuis j'sais pas combien de mois... il est clôturé mais y'a une brèche par où on peut passer.

Il n'avait pas dit qu'il y emmenait promener Snoopy. Normal : sur le lieu de la promenade du disparu aura lieu l'interrogatoire de l'indic.

– J'y vais, dit faiblement Cyril.

Paul le repousse sans douceur.

– Pas question.

Pense : « Tu vas tout gâcher, t'as la trouille. Un mec qu'a la trouille, on sait pas de quoi il est capable. »

En vrai homme, calme, il explique :

– Il vaut mieux que ce soit moi. Dans le cas (improbable !) où ta mère me voit, qu'est-ce que ça peut lui faire que je sois pas à l'école ? Tandis que toi...

Argument d'autant plus convaincant qu'il répond au désir secret de Cyril.

– Et si...

Il a failli dire : « Si on laissait tout tomber... »

Paul termine la phrase commencée :

– Si elle me voit parler à ton frangin ? Correct ! J'suis le pote du grand frère... et j'lui baliverneraі une chouette histoire à ta (il a failli dire « vieille », s'est rattrapé) ta mère.

Il le regarde avec commisération :

– Toi, tu as les pattes en Panzani. Alors, tu nous ferais prendre.

Un sifflement léger amorce sa venue vers l'allée des jouets.

Dans *La Rumba*, qui est passé sur la Six, les mecs, chaque fois qu'ils allaient tomber un gars, ils sifflaient. Un d'abord, puis deux, puis trois. C'était drôlement chouette. Il a essayé de siffler comme eux, mais n'y est pas arrivé. Se contente d'un sifflement ordinaire. Celui que son père lui a appris pour faire venir au pied le berger allemand.

Délaissant Aladin, la Princesse et l'ours, Éric a tourné la tête vers ce sifflement, incongru ici.

Accroupi derrière un caddie surchargé de caisses dont un employé, comme d'un cornet-surprise, tire chocolats et gâteaux secs, Paul chuchote :

– Éric...

Lui répondent un petit recul, un sourire, l'ébauche d'un mouvement.

– J'suis le copain d'ton grand frère...

– Vouuui... Paul. T'es pas à l'école ? Et Cyril ?

Il avance à pas menus vers cet inconnu connu.

– Écoute, Cyril et moi on va chercher Snoopy...

Un sourire si heureux que Paul serait presque gêné (s'il n'était pas ce caïd, ce chef, ce parrain, etc.).

– On est venu pour t'emmener avec nous. D'ac ?

– Ah ben oui ! Y faut que j'le dise à maman. Où est Cyril ?

– Justement, il est allé à la viande...

– Vi. C'est là qu'elle est.

– ... pour la prévenir.

Le caddie aux friandises se déplace, mettant à découvert le grand chef. Mouvement non prévu. Il faut toujours tenir compte de l'inattendu : accélérer l'action !

– Tu viens, on va aller le rejoindre.

Une main dans la sienne, petite, tiède de confiance.

Il entraîne Éric, vite fait, à travers les rayons jusqu'à la porte « PRIVÉ » où les attend Cyril qui l'entrouvre pour engouffrer avec lui, dans le sombre, Paul et Éric. Deux grands et un petit dans le même uniforme du destin : le jean.

– Pourquoi on passe par là ? C'est pas par là avec mam...

– Toi, la ferme. C'est plus court.

– Maman, tu lui as dit ?

Cyril hoche vaguement la tête.

Cet acquiescement incertain suffit à Éric qui commence à sentir, joyeux, le vent de l'aventure ; celui qui accompagne le premier embarquement.

À trois ans, un pays – Aventure – encore inconnu, à découvrir. Et comme pour tout explorateur débutant, la Curiosité et l'Inquiétude sont les données du théorème devant démontrer qui, de C ou de I l'emportera. C, puisque Éric est avec des hommes d'expérience qui ont déjà, sûrement, navigué maintes fois sur ces mers dangereuses.

Quand même, l'insolite est toujours angoissant.

– Où on est ?

– Dans le garage du super. Tu vois bien les camions...

– J'ai peur... y fait noir...

Camions remplis de munitions, d'hommes qui s'apprêtent à en sauter, armes aux poings. Paul accélère le mouvement.

– Dépêchons.

Au-dessus de la tête du môme, chuchote à Cyril :

– Tu as vérifié la porte de sortie ? Si elle est fermée on est comme des rats.

Il n'aime pas, le caïd, le regard de son lieutenant. Pas le regard d'un mec sûr de lui. Il lui avait juré qu'il avait tout vérifié. Faux. Mais l'engueulade, c'est pour après. Ce qu'il faut maintenant, c'est emmener au plus vite l'indic. Il commence à réclamer l'entité-mère chargée de veiller sur lui. Manquait plus que ça ! S'il y a quelqu'un dans le garage, va se demander ce qu'on fout ici avec un mouflet qui râle.

Le caïd cède la place à Paul qui dit d'une voix (mal) assurée :

– Tu sais seulement où elle est cette foutue sortie ?

– Là, devant toi. La petite porte. Le portail du garage, il ne sert que pour les livraisons.

Un hasard miraculeux ! Il tourne le bouton de la porte. Elle s'ouvre ! Encadrant la rue. Éric en est si émerveillé qu'il arrête de pleurnicher.

Qui ne croit pas à Satan a tort. Il est toujours prêt à rendre service.

XVIII

« Où est Éric ? Il était là il y a deux minutes. » Chantal regarde l'ours rose dont l'œil est aussi étonné que le sien.

Poussant son caddie, elle parcourt les allées, étonnement devenant, peu à peu, angoisse.

« Pardon madame, vous n'auriez pas vu un petit garçon ?... trois ans... blond... pardon monsieur,... excusez-moi... mon fils... »

Quelle idée de laisser un bambin errer dans les rayons de ce moderne marché où, déjà, un adulte se perd. Le monsieur aux cheveux blancs, égaré ici, regarde sévèrement cette jeune femme affolée. Tête sans cervelle ! De son temps les mères s'occupaient mieux de leur enfant. Il commente à voix haute, mais s'adresse à une botte de carottes tendue vers lui comme un bouquet, par une Noire.

« Il doit être aux caisses. Il sait que les courses finies, c'est là... Un regain d'espoir. Qu'est-ce qui a pris à Éric, lui si sage ? De toute manière, il ne peut pas être loin !

Devant les caisses, la longue lignée des caddies que suit leur locataire. Chantal abandonne le sien pour aller voir entre les autres si son fils ne s'y trouve pas : un caddie peut dissimuler Éric. S'obstine à y croire, puis s'apeure, revient en courant à la caisse où la caissière s'énerve, où les clients, derrière ce chariot sans son Ben Hur, râlent.

– Excusez-moi… mon petit garçon – leitmotiv – il était aux jouets… vous ne l'avez pas vu ?

– Vous savez, des enfants, il en passe par ici. S'il faut, qu'en plus de la caisse, je fasse la nourrice…

L'employée aux comptes adresse la fin de sa phrase à son supérieur qui, d'autorité, pousse le caddie sur le côté pour rétablir la circulation.

Avec le sourire courtois et compréhensif du commerçant, il emmène doucement Chantal : « pas de scandale » faisant partie des commandements du parfait vendeur.

– Cet enfant… le vôtre ? Il était dans l'allée des jouets ? Vous allez le retrouver. (Ici, rien ne se perd, rien ne s'égare, rien ne se vole. Sécurité. Autre commandement.) Trois ans, dites-vous, et blond… Il me semble avoir vu… Vous habitez loin ? Non, eh bien, votre fils a dû croire que vous étiez partie. Vous allez le retrouver chez vous. Mais bien sûr, je garde votre caddie.

– Où est Snoopy ? Tu as dis qu'on va le chercher.

– Ah ! Commence pas à trépigner, gronde le grand frère. Sinon, on te laisse là.

N'est-ce pas ce dont, obscurément, il a envie ? Éric se tait : Cyril est en colère. Pourquoi ? Il devrait être content puisque...

Il trottine, remorqué par eux qui marchent trop vite pour lui.

– J'suis fatigué… où c'est qu'on va ?

L'Aventure est un pays lointain bordé de rivages sur lesquels il n'a plus envie d'échouer :

– J'suis fatigué, j'veux maman.

Une pensée rapide effleure Cyril. Quand Snoopy ne voulait plus marcher, il s'asseyait, stop, et j'devais le traîner. Pareil, le môme. Une vague compassion mêlée de peur. Peur de ce voyage à l'issue inconnue. Et sa peur s'aigrit, tourne, devient progressivement haine-horreur de ce môme qui pleure, essaie de s'évader des mains-menottes l'emmenant, où…

– Où on va ? J'veux rentrer à la maison.

Le Chef est mécontent. La mutinerie n'était pas prévue. Le scénario dérive. Quelque chose a bloqué son mécanisme. Ce gosse geignard ne répond pas à l'idée préfabriquée de l'Indic.

– Ralentis, qu'on ait l'air naturel. C'est l'heure de la classe. Si un policier traîne par là il va nous demander ce qu'on fait dans la rue.

La rue, festonnée de pavillons paisibles, s'étire, muette, longue, blanche, pour eux seuls.

Elle crie Éric, Éric… Cri magique puisque maternel : il doit faire apparaître

– Éric !

Les mains de Chantal tremblent, qui, nerveusement, fouillent, dans son sac à la recherche des clefs.

Il ne peut être loin puisqu'elle a pris soin de fermer la porte du jardin, lorsqu'elle est partie avec lui. Son Enfant. C'était devant la maison qu'elle était certaine – ce que lui avait promis cet idiot d'employé – de le retrouver. Il n'a donc pas pu entrer dans le jardin. Encore moins dans le pavillon. Et pourtant elle crie :

– Éric…

Où est-il ? Chantal tourne sur elle-même. Tournent ses idées : aller au commissariat ? Comme il y a trois ans… quand Cyril a disparu, mais il avait huit ans, ce n'était pas pareil : on l'avait retrouvé tout de suite.

Non. Pas encore. Ce serait dire reconnaître, crier « j'ai perdu mon petit ! ». Impossible. C'est impossible. Il faut qu'elle retourne à la grande surface, oui ! Éric s'y est caché dans un rayon, pour lui faire une farce. Il aime bien jouer à la surprendre. À la maison, il se cache comme cela. Elle s'est affolée – se gourmande – sans réfléchir. Il est là-bas. Sûrement. Elle va vers ce « sûrement ».

– Non, madame, on n'a pas vu votre enfant ! Et vous êtes bien certaine qu'il n'est pas chez vous ? Voyons, vous dites que vous étiez au rayon « viande » quand il a disparu ?

– Oui, je le surveillais, de loin…

Elle a honte. Que doit penser cet employé qui, sourire affable effacé, la regarde, la jauge, la juge ? Comment une mère peut-elle ainsi laisser vaguer un enfant de trois ans, sans s'en préoccuper !

Volubile, elle explique. Une explication en forme d'excuse :

– Éric était aux jouets. Son père avait promis de lui acheter un ours. Il était en contemplation devant. Je n'avais pas à m'inquiéter.

Elle poussait, si tranquille, son caddie vers lui.

– Le temps que j'arrive – mensonge : elle a perdu cinq minutes, pas plus, à hésiter entre veau et mouton –, il n'était plus là.

Le vendeur est ennuyé. Pas tellement pour l'enfant – on le retrouvera – mais, autour de lui et de cette femme affolée, les clientes s'agglutinent : « Si maintenant les supermarchés ne sont pas sûrs… »

Il prend sa décision qui lui coûte, car, obligatoirement, cette histoire va lui retomber sur le dos.

– Venez avec moi, madame…

Elle le suit, sans savoir, sans comprendre. Parce que son angoisse se raccroche à cette obéissance.

– Nous allons aller voir le directeur.

– Tu vois, dit Cyril, on va se faufiler par cette ouverture.

L'aventure repart sur grand A. Et, Éric oublieux de cette marche de prisonnier :

– C'est là qu'est Snoopy ?

Précédé de son frère, suivi par Paul, il franchit l'ouverture étroite. Derrière lui, cette longue palissade sale qui avait succédé, insolite, aux pavillons de meulières, nets, cadrés entre deux cyprès, un tapis de pensées étendu devant les trois marches de l'entrée.

Face à lui, des buissons hérissent leurs branches mauvaises au-dessus de matériaux abandonnés : gisants de pierres. Membres tordus de fer. Cadavres pourris des poubelles.

Un lieu déserté par les hommes, loin de tout, où il n'y a même pas un chien.

Déçu :

– Snoopy… il est pas là ?

– Non, dit Paul qui, par la magie de ce chantier abandonné des hommes, donc inquiétant, est rentré dans sa peau de caïd.

« Non. Mais maintenant, tu vas nous dire – sa voix est tout à la fois menaçante et apaisante, une vraie voix de caïd – tu vas nous dire où il est ?

Les deux grands. Le petit. Un buisson de ferraille. Le décor est posé.

– Mais – dit le directeur, visiblement ennuyé, et aussi visiblement rendant responsable de cette histoire désagréable l'employé qui lui amène cette femme – il y a une vidéo de surveillance. Il n'y a qu'à faire repasser le film devant madame… on verra où est cet enfant. Vous auriez pu y penser…

La pièce se déroule, telle prévue par Paul. Éric y participe dans son jeu à lui : on joue à retrouver Snoopy ! Et Cyril est gentil :

– Rappelle-toi, frérot : le jour où Snoopy a disparu… tu étais à la maison et maman était sortie.

Ne pas trahir maman qui a perdu Snoopy.

Courageux chevalier, il affirme :

– Je sais pas.

L'indic se dérobe. Ne veut pas trahir pour rien. Normal ! C'est le moment où l'on doit parler rétribution.

Ce lieu convient, propice à un interrogatoire dans les règles. Paul sort un bonbon de sa poche.

– Tiens, c'est pour toi.

Éric regarde l'offre. La refuse.

– J'aime pas les bonbons à la menthe.

Marchandage. Comme il se doit. Augmenter le prix pour obtenir les renseignements. Une règle affirmée par tous les films.

– Les chocolats, tu les aimes ?

Pour Éric, le lieutenant – de quoi se mêle-t-il ? – répond :

– À s'en rendre malade. Maman veut pas qu'on lui en donne.

Excellente chose. L'indic est un accro ! Et en manque...

– Tu en auras. Mais il faut que tu parles.

– Vous pensez que je vais voir mon fils ?

– Mais oui, madame. Obligatoirement. La vidéo couvre tout le magasin. Je vous demande de patienter quelques minutes. Le temps de repasser le film. Si vous voulez bien me suivre... Nous allons le visionner.

Affalé sur le sol sale, Éric s'affole, « ne pas dire maman ». Ils sont vilains ceux qui exigent qu'il trahisse. Pleure :

– J'veux pas dire... j'sais rien.

Cyril et Paul échangent le regard du Second au Patron. L'indic ne veut rien dire : donc, il sait quelque chose.

– Alors combien... heu, de chocolats ?

– Ou tu préfères une beigne ?

Le ton change, c'est Cyril-frère qui menace. Mais c'est Paul que voit, qu'entend Éric : Paul veut lui donner des chocolats pour qu'il dénonce maman.

– Maman…

Se retire en lui-même à l'abri de sa coquille fragile, pour échapper aux mauvais. Au-dessus de lui la main de son aîné que rabat celle de Paul.

Le film repasse les gestes, les faits de la cliente en boubou, arrêtée devant… dissimulé par un caddie haut en boîtes de carton.

– Attends, a dit Paul à Cyril. Et, sévèrement, à Éric :

– Parle ! Sinon on va te chatouiller un peu.

Mais les mots, subitement, sonnent faux. Le cœur n'y est plus.

Quand a commencé à dévier le jeu ?

À traîner, l'histoire se délaye. Éric est redevenu ce môme horripilant. Le « second » se retire, renvoyé par Cyril. Snoopy a disparu, mêlé aux déchets poubelliques du passé. Le jeu s'en va à la dérive : amalgame où la raison et la déraison sont si bien emmêlées qu'on ne peut les désenchevêtrer.

Comme Charlot, Paul marche, un pied de chaque côté d'une frontière : celle qui sépare le véritable de l'imaginaire. Automate faussé dont le rouleau enrayé touche à sa fin, il rabâche ses diktats de dealer :

– Y a un bout de corde, là, qui traîne… un bout de corde, corde… attache-lui… les pieds… pieds.

Pour un cri, qui ne s'en échappe pas, Éric entrouvre des lèvres roses de bébé. Sa bouche dégoûtante quand il tétait maman.

Définitivement Cyril-lieutenant s'est évadé : jeu terminé. Il a rejeté le masque sous lequel se dissimulait sa vérité. Coupé le nœud gordien. Et s'écroule le chimérique.

S'engendre dans cette destruction, le futur.

Tout a repris sa brutale réalité : les buissons aux fleurs de ciment, les débris d'une maison jamais construite, les ordures échouées au rivage du Mal.

– Oui, oui… là, c'est moi.

Surprise de se voir, soupesant dans chaque main – telle Maât pesant la valeur de chaque chose – un gigot (à droite) un rôti de veau (à gauche). Chantal ne savait pas qu'une vidéo la filmait pendant qu'elle faisait ses achats. Elle n'aime pas ; c'est indiscret.

Le caddie, poussé par un homme en blouse grise, la dépasse, la laissant, pour toujours, hésitante. Il tourne dans une autre allée. Cachant, puis découvrant un enfant sage qui regarde une boîte où est marqué « Aladin et la Princesse ».

– C'est lui ! C'est mon fils…

Et, preuve convaincante :

– Vous voyez bien : l'ours !

Elle est dressée, le doigt pointé vers l'écran.

– Arrêtez sur l'image.

La main de Cyril s'est plaquée brutalement sur le hurlement d'Éric.

Saut entre le réel et l'irréel. Acrobate qui retombe sur ses pieds, Paul regarde Éric, Cyril, la main qui secoue une goutte de sang. A côté de lui, le fantasme ironique d'un Caïd de cinéma ricane, méprisant, avant de s'effacer. Définitivement.

– Mais il est fou, ce chiard ! T'as fait mal, mec ? Non, mais dis donc, ça va pas, môme ! Mordre ton grand frère ! On t'a rien fait, nous. On te demandait quoi ? Juste si tu savais ce qui était arrivé à Snoopy !

Il lui a envoyé un coup de pied. Pas brutal. Un reproche et un avertissement. Sans méchanceté.

Le bout du pied, en le soulevant, fait rouler Éric vers Cyril qui à son tour, renvoie le bébé-ballon à son poste.

L'indic parle, tous les films l'ont enseigné, quand il a peur. Et Éric crie la vérité :

– Maman… zé promis à maman…

Il a retrouvé instinctivement le zézaiement du tout-petit qui faisait rire Chantal.

Mais il n'y plus d'indic puisqu'il n'y a plus de caïd, que le jeu a cessé. Et ce qu'entendent les grands, c'est un chiard qui les fait chier.

Paul réalise.

– Merde ! Il appelle ta mère. Sûr que ce soir il va cafarder. Faut le faire taire.

Cyril se souvient. Netteté de la vision : il y a un an…

Si tu l'dis à maman, j'te tue !

– Mais c'est Paul ! Le camarade de mon aîné… oui, le garçon là. Éric… regardez, il lui a pris la main… ils s'en vont ensemble…

Le directeur du super soupire un sourire. Que d'histoires pour rien avec ces bonnes femmes.

– Alors, si c'est le copain de votre fils, vous êtes rassurée. Vous allez les retrouver tous ensemble, en train de jouer.

– Mais... comment se fait-il que Paul... il devrait être en classe.

Pour se débarrasser de cette affaire qui lui a déjà fait perdre assez de temps, le directeur s'adresse à l'employé :

– N'a-t-on pas parlé d'une grève de professeurs...

– Il me semble... aux infos de midi.

Ils sont à demi sincères tous les deux. N'y a-t-il pas sans arrêt des grèves ? Il suffit d'un peu de bonne volonté pour se persuader d'une parmi d'autres.

Paul regarde, dégoûté, le môme que rien ne peut plus faire taire, qui hurle. Quelle histoire... et tout ça pour un cabot ! Si la mère de Cyril vient se plaindre à son père...

Nerveux, il tripote une pierre qu'il a ramassée machinalement :

– ... j'te tue.

Cyril a, dans la main, le couteau rouge. On touche un fétiche afin de se rassurer.

Paul, pour se précipiter sur lui, a jeté sa pierre. La pierre est tombée sur Éric. Mais il ne voit qu'une chose : le couteau entre les mains de Cyril.

– T'es pas dingue... le canif de papa !

« Papa », le mot sacré qu'on ne doit prononcer que dans le recueillement de l'esprit, hors de l'atteinte des Philistins.

D'un revers de main il le fait sauter des doigts de Cyril. Il retombe loin.

La main encore entrouverte, vide du canif rejeté, Cyril sourit. Un sourire sans joie : celui d'un constat : trois ans de haine, refoulée jusqu'à être ignorée de lui-même. Il abjure cette haine en sacrifiant Éric.

En esprit, en bouche, il remarque :

– Il saigne. Qu'est-ce qui t'a pris de lui jeter une pierre ?

Sa dernière excuse.

À son tour, il ramasse ce bout de brique qui avait peut-être été prévu pour faire partie d'un mur de maisons.

Du sang… du sang… du sang…

*

* *

Le visage de Cyril penché sur Éric. Un poing énorme à côté de ce visage grimaçant ? Mais c'est encore celui de…

– … Cyril…

Un nom, à voix muette.

Le visage se gonfle, devient énorme comme les pierres qui tombent du poing. Éric a-t-il dit ?

– Zé mal.

Par moments, c'est encore le visage de son frère, et puis revient tout de suite celui du monstre affreux qui prend sa place. Une immense bouche d'où tombent des mots-pierres qu'on n'entend pas mais qui font mal. Tellement mal. Et maman met sa main sur les yeux d'Éric et dit : « Ne regarde pas la télé, tu aurais peur. »

Il a peur et maman n'est pas là pour mettre sa main devant ses yeux. Tellement peur qu'il ne sent pas qu'il a mal. Qu'il ne sent pas le Mal. Et tout est rouge autour de lui.

Et puis le rouge qui est une bouche ouverte devient double. Ce sont deux bouches au-dessus de lui et en sort un bourdonnement continu : dusandusandusan-dusandusan.

Et des bouches-mouches jaillissent des choses affreuses qui tombent sur Éric.

Et il devient de plus en plus petit tandis que grandissent, géantes jusqu'à toucher le ciel, les bouches. Démesurément grandissent les bourreaux-bouches.

Et tout devient de plus en plus rouge puis noir.

Une nuit insensible, morte, qui l'enferme dans le giron maternel de la terre.

Combien de temps s'est écoulé… combien de temps faut-il pour qu'un univers se construise et se détruise ? Le temps d'une vie ne se mesure pas sur une montre. Le présent n'est qu'un devenir.

Il n'y aura pas de devenir pour Éric.

XIX

Le doigt, sur le cadran téléphonique, compose impatiemment le 17.

– Ne quittez pas…

« Vous avez demandé la police, ne quittez pas. Vous êtes en communication avec Police Secours. Votre demande est actuellement en traitement. Ne quittez pas. »

Une voix à laquelle on ne peut pas répondre : pas d'oreilles pour vous écouter.

– Non ! Mais c'est pas vrai…

– Police Secours. Bonjour.

– Il y a un cadavre d'enfant dans le chantier.

– Pardon ? Voulez-vous me donner votre nom, votre adresse, l'endroit d'où vous téléphonez et expliquer la motivation de votre appel ?

– Mais bon Dieu, je vous dis qu'il y a un cadavre d'enfant, de bébé, dans le chantier…

– Bien. Dans quel chantier ? D'où me téléphonez-vous ? Qui êtes-vous ?

Une voix humaine, pas enregistrée. Une voix qui en a entendu d'autres. Calme, patiente, sans étonnement.

– Bien ! Vous trouvez que c'est bien ça : un enfant mort... et il faut voir dans quel état il est ! Je vous dis que je suis à Saint-Grégorien, pas loin de Levallois, si vous voyez... il y a un chantier abandonné où j'ai l'habitude d'aller faire courir mon chien. Ce soir, quand je l'ai lâché, il est parti comme une flèche. Pourtant c'est une bête calme... Mais il faisait un tel boucan que je suis allé voir. Il y avait un môme, à même par terre, deux, trois ans... il était blessé de partout, du sang, des pierres, des ordures...

La voix de l'inconnu, véhémente, agressive, se brise d'un coup.

– J'ai espéré qu'il était seulement blessé, évanoui, qu'il était tombé... je ne sais pas, moi... je l'ai touché. Il est mort. Mort, vous m'entendez. Un pauvre petit gosse ! Qu'est-ce que vous vouliez que je fasse ? Je vous ai appelé.

– Vous avez eu raison. Donnez-moi l'adresse exacte de l'endroit où vous vous trouvez. Nous arrivons. Attendez-nous.

– Mais je ne peux pas. Je téléphone d'un café. Ma femme va s'inquiéter si je ne rentre pas.

– Téléphonez-lui, mais il faut ABSOLUMENT que vous nous attendiez.

Ce qu'il ne dit pas, le policier, c'est que des appels bidons, ils en ont dix par jour à Police Secours. Pourquoi ? Qu'est-ce qui pousse les gens à affabuler ? Se rendre intéressant ? Amener le drame dans leur vie monotone ? Il serait bien incapable de le dire ! Mais c'est ainsi. Et comment savoir si c'est vrai ou faux ? Un môme de trois ans mort – assassiné ? – dans un chantier... bizarre ! De toute manière, il faut aller voir... dans le cas où ce serait vrai ! L'homme qui téléphonait semblait vraiment bouleversé.

– Appeler la police, c'est appeler les emmerdements.

Il prend à témoin le bistrotier qui l'écoute, passionné. Un drame comme ça, c'est pas tous les jours... heureusement ! Et il connaît le client : un homme sérieux, pas un type à raconter des bobards.

– Je ne pouvais pas faire autre chose...

En parlant, il compose son propre numéro, pour avertir sa femme.

La sirène. Le car de police stoppe. Ils n'ont pas mis dix minutes.

– C'est vous, monsieur, qui nous avez appelés ? Mais oui, vous avez très bien fait. Voulez-vous monter avec nous pour nous guider ?

– Mon chien...

Le brigadier flatte la tête du faux labrador.

– Il vient aussi. D'autant que c'est lui qui a découvert le... l'enfant !

– Oh ! Ce n'est pas loin. À cent mètres.

Pourvu qu'on ne lui dresse pas un P.V. pour être entré sans autorisation dans ce chantier...

– Vous savez c'est un chantier abandonné depuis plus d'un an. Alors... Nous sommes arrivés.

La voiture stoppe. Les cinq policiers en descendent avec une rapidité imprévue, examinent, indécis, la palissade close.

– C'est par là, au bout, il y a une fente, une ouverture.

Ce passage étroit… ils s'y glissent en se faisant minces. C'est le chien qui les guide vers la vérité.

Les flics regardent. Ils se regardent. Détournent la tête en silence.

En cercle autour de… de quoi ? Peut-on encore donner le nom d'enfant à ce pantin cassé, recroquevillé sur lui-même, couché sur des immondices, recouvert d'une couverture de sang et de pierres ? Un lit qui n'est pas décent pour ce minuscule cadavre.

À quelques pas de là, le chien pleure à la mort.

Un policier s'éloigne. Un haut-le-cœur. Il en a vu ! Mais ça, c'est la première fois.

Une toux rauque, une voix mal assurée : « Est-ce que je peux rentrer chez moi ? » les arrache à cet effroi qui les immobilisait.

– Il faut appeler l'État-Major.

Un policier se dirige vers le car où la radio grésille.

– Vous n'avez plus besoin de moi maintenant… Je peux partir…

L'homme évite soigneusement de regarder « l'Endroit ».

– Je suis désolé, mais c'est impossible. Il faut que vous attendiez.

Le brigadier s'excuse, gêné. Une gêne qui provient plus de ce qu'il vient de voir que de ce qu'il exige.

Un geste vers la voiture :

– Nous venons d'appeler l'identité judiciaire. Ils vont avoir besoin de renseignements. Vous seul pouvez les donner.

Lui aussi s'est détourné du lieu du Mal.

– Mais quels renseignements ? Enfin ce n'est pas moi qui ai tué cet enfant et vous me retenez comme… comme…

– Comme témoin, monsieur. C'est vous qui avez découvert la victime. Désolé, mais c'est légal.

Ils sont tous remontés en bousculade dans la voiture, ayant hâte de fuir le chantier maudit. Sauf deux qui restent là, en faction, pour empêcher que des curieux n'entrent.

Et le témoin, piégé dans ce cimetière.

Le chien tremble. L'homme voulait râler, dire à un des flics ou au ciel que s'il avait su… mais il ne peut pas. Ici, la moindre parole est sacrilège.

Cars. Dégringolade de policiers. D'autres. Des habitués : règlements de comptes, putes, macs, overdose, vieille femme tuée pour un porte-monnaie… « Un bébé, c'est quand même la première fois que ça nous arrive. »

Photos. Photos partout, sur tous les angles, dans tous les coins.

– Regardez. Vous reconnaissez cet enfant ? Vous ne l'aviez jamais vu auparavant ? Vous en êtes sûr ?

Des policiers parcourent précautionneusement le chantier.

– À quelle heure, dites-vous ? Votre chien…

Photos. Flashs.

Un homme penché sur le sol, affirme :

– Ici, il y a des empreintes de chaussures. Il faut les relever.

– Vous n'avez vu personne s'enfuir ? Personne sur les lieux ?

Une voiture banalisée. En descend, jeune encore, le procureur de la République.

Le chien s'est couché sur les pieds de son maître. Il tremble toujours. De temps à autre, un petit gémissement.

– Je voudrais pouvoir vous aider plus… c'est tellement… Ça n'a pas de nom ! Un bébé.

Un policier ramasse quelque chose.

Un brancard arrive, porté par deux hommes en blanc. Repart. Couvert d'une bâche blanche.

Un inspecteur se dirige vers le témoin.

– C'est O.K. Vous pouvez partir.

Un doigt, il n'y a pas une heure, faisait le 17 sur un cadran téléphonique.

XX

La télé débite son film quotidien, si bruyante qu'on l'entend du rez-de-chaussée.

Coups de revolver qui couvrent le coup de sonnette.

– Je crois qu'on a sonné, énonce, sans certitude, le père de Paul.

– Hum… j'sais pas.

Devant Paul, ça canarde drôlement sur le petit écran. Mais est-ce cela qu'il voit ? Peut-être ? Pour occulter autre chose ?

– Qui est-ce ?

Le pompiste ouvre en même temps qu'on répond « Police ». Devant lui une main tendant une médaille de la police. Il lève les yeux sur deux hommes en civil.

Pourquoi ? Sa voiture est au parking. Paul était là quand il est rentré.

Il les regarde mieux ; ils ressemblent assez bien aux policiers des films. Qu'est-ce qui les en sépare ? La réalité de l'irréalité : un fil, mais distinct.

Il avait entrouvert la porte, l'ouvre, plus accueillante. Inutile d'être impoli parce que c'est de la flicaille. On fait le métier qu'on peut. Lui, il est pompiste. Eux sont flics. Il aurait aussi bien pu l'être.

Poliment, ils se présentent :

– Brigade criminelle.

– Brigade des mineurs.

Il n'a pas écouté. Projeté uniquement sur cet éclat rouge qui, tour de passe-passe, a remplacé, dans la paume tendue, le macaron de police.

– Vous le reconnaissez ?

– Un peu ! Mon canif... Je l'avais perdu.

Ils se sont dérangés pour le lui rapporter ?

– Merci. C'est con, mais j'y tiens.

Un geste d'étonnement :

– Comment avez-vous su qu'il était à moi ? Je croyais que c'était mon gamin qui me l'avait fauché. Enfin merci. Entrez, restez pas là. Paul, baisse la télé. On s'entend pas.

Il tend la main vers le couteau suisse. Un canif rouge, tout ce qu'il y a de plus quelconque, sauf que c'est le sien. Dans la main du policier qui le lui montre, mais ne lui rend pas, il prend une proportion démesurée. Un canif qu'on trouve partout... deux policiers se sont dérangés pour le lui rendre – le lui rendre ?

Il réalise l'inconséquence, l'hurluberlu de leur démarche.

– Nous aimerions savoir où vous l'avez perdu, dit celui qui ne le tient pas.

– Alors ça !

Et cette télé qui gueule, qui couvre ce qu'ils lui disent, qui l'empêche de parler.

– Paul, merde ! Veux-tu fermer cette sacrée télé ! Excusez-moi... mais c'est pas une trouvaille la télé, pour les gosses d'aujourd'hui.

Quelque chose lui échappe qui commence à l'inquiéter : ce canif qu'ils lui montrent, sans le lui remettre... il s'en rend confusément compte : deux policiers ne se déplacent pas pour si peu. Et qui veulent savoir où il l'a perdu ?

– D'abord, comment vous savez qu'il est à moi ?

Question pour question.

– Parce que vous reconnaissez qu'il est bien à vous ?

– Ben... je vous l'ai dit...

Un dialogue qui fait pas vrai.

La télé s'est tue. Un coup d'œil dans la pièce lui suffit. Paul n'est plus là.

– Je ne comprends pas ce que vous voulez. – Et, subitement, prudent – oui, ça semble être le mien, mais il y en a des centaines comme ça. Je l'ai acheté chez le buraliste, au coin de la rue.

Le deuxième policier, celui qui n'a presque rien dit jusque-là le regarde. Le regard indifférent qu'il aurait pour un automobiliste : « Papier, carte grise... ». Mais avec quelque chose d'autre que le père de Paul ne discerne pas ; cependant qu'il ressent, sans le comprendre, comme de la pitié.

– Vous reconnaissez avoir eu un couteau comme celui-là. Tout ce qu'on vous demande c'est où vous pensez l'avoir perdu ?

– Mais je n'en sais rien. Et puis quel intérêt ?

C'est au tour du premier ; celui qui tient le canif – il a refermé sa main dessus – de dire comme ça, sans avoir l'air d'y attacher de l'importance.

– Vous ne seriez pas allé au chantier abandonné, qui est au bout de la rue de la Victoire ?

C'est pas vrai, mais c'est pas vrai ! Qu'est-ce qu'un chantier qu'il n'a jamais vu a à faire avec ce foutu couteau… qui n'est peut-être pas le sien !

– Un chantier… quel chantier ? Je ne vais jamais par là. Je suis à la pompe toute la journée. Et le soir…

Quand même, il ne va pas leur raconter sa vie !

– Vous avez dit tout à l'heure que vous aviez pensé, lorsque vous l'avez perdu – apparition du canif, comme la colombe dans le chapeau du prestidigateur, aussi vite apparu, disparu – que votre fils l'avait peut-être pris.

Paul… ce n'est plus son couteau que serre la poigne du policier, mais quelque chose dans sa poitrine, à lui, le père. Parce qu'une peur incompréhensible le trouble, il devient agressif :

– Et alors ! Ce qui est à moi est à mon fils. C'est nous que ça regarde.

Ils ont fait un pas en avant, repoussant, sans avoir l'air de le faire exprès, la porte d'entrée.

Ils sont chez lui et leurs premiers mots en arrivant, enregistrés, mais refoulés dans la mémoire, resurgissent.

« Brigade criminelle ».

« Brigade des mineurs ».

Et ils disent – il s'en aperçoit – ce qu'il appréhende depuis le début :

– Justement, nous voudrions parler à votre fils.

C'est celui qui n'a presque rien dit encore, que son collègue avait présenté : « inspecteur de la brigade des mineurs », qui explique – il n'y a pas de méchanceté dans sa voix. Plutôt une sorte d'ennui triste :

– Nous pensons que c'est lui qui a perdu votre couteau et on a quelques questions à lui poser.

– Paul, viens ici !

Qu'est-ce qu'il a pu inventer, son gosse, pour que la CRIMINELLE – le mot le plus grave, le plus inquiétant – se soit dérangée ? C'est pour l'interroger qu'ils sont venus. Le canif n'était qu'un prétexte. Il quémande, anxieux :

– Ce n'est quand même pas grave ?

Toutes sortes d'images se heurtent dans sa tête : pour frimer auprès des autres mômes, il l'a sorti… a éraflé un copain ? Il n'est pas méchant son gamin, ça il en est sûr. Rouler des mécaniques, épater un pote, ça oui. À son âge, il en faisait autant. Mais pas plus. Seulement les gens sont tellement cons… suffit qu'un môme se soit mis à pleurnicher sur une écorchure pour que les parents portent plainte !

Paul est là. Obéissant à l'ordre paternel, cadré dans la porte qu'il ne franchit pas.

– Ce couteau, petit, tu le reconnais ?

– Non.

Il a dit non avec une telle véhémence, un tel effroi, qu'il n'y a de doute pour personne – même pour son père – : ce non est le masque d'un oui.

– Pourtant, tu l'as montré à tes copains à l'école ! Un beau canif…

Le policier en fait jaillir successivement, le tournevis, le cure-ongle, le tire-bouchon… la grande lame.

– Non. Il n'y a qu'à Cyril.

– Donc, tu avoues que tu l'avais !

Il s'emberlificote dans ces mensonges et ces vérités mélangés, ne sait plus les reconnaître les uns des autres.

– J'l'ai donné à Cyril. J'l'avais plus.

– Alors, c'est lui qui l'a perdu sur le chantier ?

Éric ! On ne s'est pas servi du couteau. Il a ordonné à Cyril de le jeter et celui-ci a obéi. C'était son Lieutenant dans un cauchemar filmé par Hitchcock, et où il était Caïd.

T'es pas dingue… le canif de papa !

L'image est aussi forte, aussi violente que sur le petit écran. Mais il ne voit pas Éric. C'est Cyril. Il lui a promis qu'il ne dirait rien.

Même si les flics le tabassent, il ne dira rien.

– Ce chantier où tu es allé avec ton copain et…

Le flic a comme du mal à poursuivre.

– … et un petit enfant. Le frère de Cyril ?

– C'est pas vrai ! J'suis pas allé là.

– Une dame, qui habite en face, vous a vus y entrer.

– C'est pas vrai !

Les policiers le savent. Quand un enfant ne le veut pas, rien ne pourra le faire parler. Le code d'honneur de l'enfant est plus fort, plus puissant, plus invincible que celui de la Mafia.

Pourtant, patient, il repose sa question :

– Éric, le petit frère de ton copain Cyril, tu le connaissais ?

Un borborygme :

– Ben… ben… j'l'ai vu dans leur jardin.

C'est « la Criminelle » qui ordonne :

– Alors, tu vas venir avec nous.

Paul le regarde avec ces yeux, désespérés, qui restent candides, de l'enfant.

– Où ?

– À la morgue.

Il regarde son père qui, sans s'en apercevoir, tourne la tête de droite à gauche… le geste qui refuse, qui nie.

– Vous êtes cinglés ? Un môme qui n'a pas douze ans à la… la…

– Une simple formalité, monsieur. Pas agréable, d'accord, mais il faut identifier le cadavre d'un bébé.

– Papa, tu viens avec moi !

– Non… j'veux pas. J'veux pas le voir.

Il a baissé les paupières. Il ne peut pas les ouvrir sur ce qu'il sait : l'image impressionnée dans ses yeux pour toujours.

– Vous attendez dans le couloir, monsieur… non vous ne pouvez pas entrer avec votre fils. Il doit être interrogé. Seul.

Seul, l'enfant qui n'a pas encore l'âge – légal – de raison : treize ans.

– Dis-moi la vérité. Tu sais, ton copain…

– Cyril…

– Oui, Cyril. On a eu vite fait de le retrouver. Et quand on lui a montré le canif, il nous a tout dit. Alors ?

Le deuxième Amendement de la Constitution… Non. Il n'est pas dans un film. Il est dans le bureau de la police. Pourtant, on ne le passe pas à tabac. On lui parle même gentiment.

– J'sais pas monsieur… J'sais plus… C'était…

Ses yeux sont butés sur des pierres qu'il lance. Pourquoi ?

L'incompréhension de l'inconcevable.

– Papa !

– Le juge a autorisé une garde à vue de dix heures. Vous pourrez venir chercher votre fils demain matin. Mettez-vous en rapport avec un avocat. Ça vaut mieux.

Trou noir. Seul. Et un cauchemar.

Couloirs sans fin.

Obsessionnels.

Qui s'allongent d'un couloir à un autre.

Couloirs où passent des policiers en tenue et ceux qui, sous leur costume banalisé, dissimulent leur médaille de policier.

Juges dans leur bureau.

Officiers de police dans leur bureau.

L'univers de Paul et l'univers de Cyril. Parallèles.

Un univers où ils ne se rejoindront qu'un seul jour. Celui du procès.

XXI

J'ai vendu ma pompe. C'est pas la peine de rester ici à ruminer. Fais ta valise. On prend l'avion demain matin, je trouverai bien quelque chose à faire ailleurs. L'essence ça se vend partout.

*
* *

Moi, leur mère, j'ai perdu mes deux enfants. Vous comprenez, les DEUX. Et c'est de la faute de Cyril. Je ne veux plus le revoir. Jamais. C'est lui qui les a tués.

ANNEXE

Les mineurs de moins de treize ans sont pénalement irresponsables. (...) Aucune sanction pénale ne peut être prise contre eux... (*Ordonnance du 2 février 1945*)
(mais ils en répondront) devant le Tribunal des Enfants (...) Le juge des enfants aura la faculté de les placer sous le régime de liberté surveillée (remise aux parents ou placement dans un internat approprié aux mineurs délinquants d'âge scolaire).

Il semble exister dans la loi française un vide juridique concernant les mineurs de moins de treize ans. Rien n'est prévu en effet comme « châtiment » pour un enfant de moins de treize ans coupable de crime. Comme si les législateurs n'avaient pu admettre qu'un enfant pût être un criminel.

Cet ouvrage a été réalisé par la
SOCIÉTÉ NOUVELLE FIRMIN-DIDOT
Mesnil-sur-l'Estrée
pour le compte des Éditions du Rocher
en octobre 1994

Éditions du Rocher
28, rue Comte-Félix-Gastaldi
Monaco

Imprimé en France
Dépôt légal : octobre 1994
CNE section commerce et industrie Monaco : 19023
N° d'impression : 28534